西永　芙沙子

ふたつのカルティエ・ラタン

駿河台出版社

目次

ふたつのカルティエ・ラタン

「お待ち合わせなら窓際のお席がよろしいでしょう、外の景色でも眺めながらお待ちになったら如何です、まず一杯お持ちしますか？」

マダムの歯切れのいい日本語のひびき、さり気ないこころ配りが、いつもながらになんともうれしい。

ランチョンは今のようなビルになる前、常連だった吉田健一氏がまだご存命の頃からのなじみの店で、人との待ち合わせ場所として時々つかわせていただいている。

五月とはいえ、真夏のような日差しのなかを歩いてきたせいか、喉元を勢いよくかけぬける一口目のビールがひときわ胃の腑にしみる。

ひとごこちついたところでピッチをおとして、黄昏の空ににじみ始めた古書店の屋根屋根に目を投じながら、わたしはある再会のことを思い出していた。

去年の秋、時刻はきょうと同じ暮れ時、パリのサンミッシェル通りにあるカフェのテラスで、なつかしい女友達を待っていた。十八年ぶりに会うブルガリア人の親友、マチルダだ。

少し早めに着いて、コーヒーを飲みながら道行く人々をぼんやり眺めていると、

「そんな細い目で世界がちゃんと見えてるの？　おぼえてる？　わたしがあなたをいつもそう言ってからかってたこと」

マチルダは彼女の入ってきたのに気づかなかったわたしの背中をたたく。

「日本に帰る前日に電話くれるなんて、いままで一体何をしてたの、この薄情もの！」　そう言う彼女の声が涙のなかに溺れていく。

わたしたちが初めて会ったのは、一九七〇年のことだった。五月革命のにおいはすっかり消え、カルティエ・ラタンにはおだやかな風がふいていた。

わたしたちはパリの美術学校のデザイン科で共に学んだ仲だった。

彼女はブルガリアからの給費留学生で、お互い外国人同志ということもあって、初対面からみょうに気が合った。

「卒業したらすぐ祖国に帰って、ここで学んだことを生かした仕事に就くの、待ち遠しいわ」

彼女はいつも青い瞳をかがやかせながら、そう言っていた。

休みで国に帰る度にお土産を買ってきてくれた。小さな渦巻き模様のお皿だったり、胡椒入れだったりしたが、ある時モノクロの写真集をもらったわたしは思わず言ってしまった。

「きれいな写真だけど、カラーじゃないのが残念ね」

「このモノクロの世界から色が見えてこないのはあなたの想像力の欠如よ」

しばしの沈黙のあと、彼女は気を取り直したように言った。

「わがブルガリアは日本のように豊かじゃないの、カラー写真集なんて大変なぜいたく品だし、たとえ色がついていても、それはそれは質のわるいものしかないのよ。でも待ってなさいよ、わたしが帰ったら、いままであなたが見たこともないぐらい素敵なカラー刷りの本を作ってみせるから」

彼女は結局卒業を待たずに、一緒に政治運動をしていたフランス人と結婚し、そのままパリに留まったが、一人目の子供ができた後、彼女のたっての希望で祖国ブルガリアに一度戻ることになる。

彼女は建築家と組んで国家規模の大きなプロジェクトに参加し、あちこち精力的に飛び回り、夫のほうは彼女の父親のはからいで大学にポストを得た。

後にあのころが一番輝かしいときだったと彼女に言わせたブルガリアでの日々は、しかし必ずしも彼女の夫には幸せをもたらさなかったらしい。

「きょうはステーキとフライドポテトが食べたいと思うときに、チキンとインゲンしかないような生活にはもう耐えられない、って彼が言ったの」

祖国をあとにした理由を彼女はそんなふうにしか語らなかったが、結局一家は三年ほどでパリに舞い戻った。

二度目にマチルダに会ったのは一九七九年のことだった。

彼ら夫婦の間には双子が生まれ、彼女は三人の女の子の母親になっていた。お互い子育ての真っ最中だったが、それでもわたしたちはよく会い、よくしゃべり、よく笑った。

あれからまた十数年がたってしまった。その間、何度かフランスへ行く機会はあったが、いずれもあわただしい滞在で会わずじまいになっていた。

一九八九年にベルリンの壁が崩壊して以来、世界は音をたてて変わった。もちろん彼女の祖国も。体制の側にいた彼女の一家はいまどうなっているのだろうか、そんなことがいつもこころの片隅からはなれなかった。

学生のころ、彼女のご両親には何度か会ったことがあるが、わたしの姿を見ると何故か「蝶々さん！」と呼びかけ、顔を見合わせて笑いころげる陽気な人たちだった。

体制の側、それもかなり重要な地位にいたはずの彼女の父親および家族は、当然のことながら現在、相当困難な状況にあるらしいことが、彼女の言葉の端々からうかがえた。「わたしはまったく国には帰っていないの。お金や食料を送るだけ。いろいろあって夫との仲もちょっと気まずくなってるのよ」

食事に行こうということになり歩きはじめた途端、なにを思い立ってか彼女が突然文房具屋に走り込んでいく。

「なにを買うの？」

「さっき来る時、見てきたんだけど、あなたの息子が喜びそうな筆箱があるのよ」

「マチルダ、彼はもうおとなよ、筆箱はいらないわ」

「そうね、そうだったわ、わたしきょうはほんとにどうかしてる。あなたのせいよ、突然電話してきてびっくりさせるから」

わたしの腰を思い切りたたきながら、彼女はまた泣き笑いした。

昔よく行ったギリシャ料理屋で思い出話に花を咲かせた後、別れ際に、

「このところずっとパリが嫌いだったの。でもまた好きになれそう、あの頃のパ

りを思い出したから。また来てね、あんまり間をおかないうちに。それに今度は家に泊まって、ホテルを儲けさせる必要なんかないんだから」

そう言い残して彼女は地下鉄の階段を降りて行った。

憧れのパリで勉強できる喜びを身体中から発散させて、くるくると陽気に跳ね回っていた女の子は、今、ちょっと気をぬくと、途端にしぼんでしまいそうな誇りを胸の奥で目一杯ふくらませながら懸命に生きている。

彼女にとっての、十八年という年月の重さがずしり、とわたしのこころにおちた。

「いや、わるいわるい」

約束の時間に遅れてやってきた友人の声に我にかえった。

「取りあえず乾杯ということになさいませ。いまメニューお持ちしますから、おつまみはゆっくりお選びくださいい」

マダムの声に乗せられて、おもわず乾杯。

「そう言えば、この辺が東京のカルティエ・ラタンと呼ばれるようになったのはいつごろからなの？」

「六十八年の、パリの五月革命のあとからだろ」

「そうか、三十年も前か」

「どうしたの？　急に」

「ううん、なんでもない」

そう言いながら見下ろす街並のどこにも、革命などといういかめしい言葉の名残はない。

金曜日ということもあり、いつの間にか店内は一杯で、階段にも順番待ちの列ができている。解放感に浸って陽気に騒ぐ若者の声がわれわれの背後でわきたった。

神田小川町、向こう三軒両隣

神田の世界観ギャラリーでの、三年ぶりの個展が終わった。

いま、わたしのなかには、なんとも形容しがたい類の疲労が根をおろしている。単に肉体的な疲れともちがう。一晩二晩昏々と眠ればそれで解決というようなな単純なものでもないらしい。だからといって病院に行くほど重大なことかというとそれもちがう。頭のなかの普段、決して作動することのない回線を働かせるために、全身の神経が声をからして応援し、ついに力つきたという具合の疲れだ。もうちょっとといくとあちこちの部品という部品が空中分解して飛び散ってしまいそうな。

その結果、どういうことが起きるかというと、昼にうどんをつくろうと、昆布に切り込みをいれ、鰹節を削り、干し椎茸を用意して、いつもの手順で出汁をとりはじめる。そこまではいい。ふと気づくと片手に大根をもっている。

「これからつくるのはうどんなんだから大根はいらないでしょ」

そう考えつくまでに時間がかかる。

つまり個展に向けてぎりぎりと巻き上げたネジがなかなか思うようにゆるんでくれず、思考回路が日頃の暮らしに対応しきれないでいるのだ。

画廊というのはかなり特殊な空間だ。

そこでなにかを繰り広げるひとにとって、いわばハレに属する場だ。ものを発表するという場合、精神は少なからず昂る。日に日にヴォルテージがあがる。ひとりひとりにとってそれは小なりといえども祭りなのだから当然のことだが、その昂りが消えやらぬうちに祭りは終わりの日を迎える。

次の瞬間から画廊はもう自分の祭りの場ではなくなり、ほかのひとの手にわたる。同時に精神の昂りもうまくおさまってくれればいいのだが、なかなかそうもいかないから、消え残りの熱を家に持ち帰ることになる。

画廊というハレの場から、いきなり家というケの場所に戻った心身は身の置き所が定まらず、ふわふわとさまよう。

それに個展というのは常になんともいえない気恥ずかしさを伴う。それは回を重ねても重ねても決して馴染むことのできない感覚だ。

こつこつと描きためていた絵が壁面を飾っている。紛れもなくわたしが創ったものなのだが、もうわたしの手を完全にはなれ、誰かに見られるという目的だけのために、スポットライトなんか浴びて、いやによそよそしい。

「あなたさまが生み出したものは、たかだかこんなモノなんですよ」

とでもいわんばかりにツンとすまして意地悪そうにこちらを見ている。

そんな絵にぐるりを囲まれ、まるで見張られるようにして一週間もすわっているのも、あんまり気分のいいものではない。だからとんでもない疲労がのこるのも当たり前といえば当たり前のことなのだ。

それでも世界観ギャラリーは、ほかの画廊とちがって、単にものを展示してひとに見せるというだけの愛想もそっけもない空間でないところがありがたい。それでずいぶんと救われる。

画廊主の人柄と神田という土地柄が相まって、この画廊にはご近所の、いわば町内会のひとたちのような常連さんが自然に集まってくる。ここととのお付き合いも十五年近くなるから、そんなお馴染みさんもずいぶんとふえた。

画廊の大家さんでもあるお医者さま、額田先生。先生の息子さんで、斜め向かいの喫茶店のオーナーCさん、そこの手助けをしているRさん、同じビルに仕事場を持つM氏、弁護士で坊さんで、おまけに陶芸家でもあるO先生、チャキチャキの江戸っ子女社長のSさん、神田明神下に住むアクセサリーデザイナーのKさん、インテリアデザイナーのNさん、そして「本の街」の編集長さん、イラストレーター諸氏。

あげればキリがないけれど、そんなひとたちが、「お、またやってるね」という感じで、気軽にのぞきにきてくださる。そんな見知った顔を見ると、ほっとして「ああ、神田に帰ってきたんだな」と心底おもう。

「前より絵が明るくなったんじゃない、なんか心境の変化でもあったの」

「透明感があってなかなかいいね」

「思いっきりがよくなってきた」

おもいおもいの感想を言っていただいたり、到来物のお菓子なんかつまんで、一緒にお茶を飲んだりしていると、知り合いの家の縁側にでも腰かけて日向ぼっこをしているような、ほんわかとした心持ちになって、絵に取り囲まれている気恥ずかしさもすこしずつうすらいでゆく。

こちらのほうが勝手に十五年来のお友達と決めている、S出版のE会長とお目にかかれるのも楽しみのひとつだ。

会長さんはお洒落である。そのセンスのよさは半端ではない。

今回もざっくりとした丸首のセーターの襟元に、まばゆいほどの赤いシャツをほんのちょっぴりのぞかせての登場だ。まかり間違えば下品にもなりかねない難しい色を微妙なアクセントとして使いこなす技には、いやはや脱帽だ。

翌朝はそのシャツがさりげなくターコイスブルーにかわっていたりするのもところにくい。

夜、オープニングに来てくださるときは、渋いスタンドカラーのワイシャツにジャケットを粋に着こなして、T・P・Oもぬかりなし。お洒落が若さの秘訣と自らもおっしゃるが、これは見習わなくてはといつも反省する。

Eさんは大の愛妻家でもいらっしゃる。夫人を伴っての海外旅行も数知れず。ベランメー調の江戸弁で土産話にひとしきり花がさく。

「いやー、まいっちゃったよ。こないだ家内とスペインに行ったらさ、スペイン人にまちがわれっちゃったよ……」

ずいぶんと久しぶりにお会いするのに、昨日も一昨日もその前も、ずーっとおしゃべりしていた、そのつづきみたいな話ぶりがまたいい。

ときどきわたしの絵を表紙につかってくださるのだが、自らデザインもしてしまうという多才ぶりで、会長の手にかかると絵は実物より数倍輝きをまして再登場する。今回も楽しみだ。

絵を展示しても会場には行かないという作家がいる。絵は絵自身に語らせればいいと。それも一理ある。たしかに実際自分を見る側の立場においたとき、そのほうが有り難い場合もある。とくに現代アートの作品など、作家自身の顔など見えないほうがイマジネーションがひろがって、より楽しめる。できたら画廊のひとにも出てこないでもらいたい、と勝手だがおもってしまうことさえある。

しかし、わたしの作品はそういったジャンルに属するものでもないから、ときには穴倉から這いだして、世間の空気を吸ってみたい、普段あまり接することのない人の発する言葉と、自分の言葉がどんなふうにかみ合うのかという感触も味わいたい、そんな気分も手伝って結局毎日せっせと会場に出かけてしまうのだ。

この周辺には学校も多くけっこう若い層の出入りもある。

「さしあたって大学受験目指して予備校に通っていますが、もともと絵が大好きなんです」

と、言ってくれる若者が毎回必ずいる。そんなひとたちが、殊の外熱心に絵を見てくれたり、あれこれ興味をもってくれるのがなによりもうれしい。

たくさんの素敵な出会いの余韻をのこして個展はとにかく終わった。

やがてまたゼロから出直しの日々が始まるけれど、もうしばらくは、ゆっくりと残り火の温もりを楽しんでいたい。

橋からのながめ

神田の古本屋街に向かうとき、わたしは人の往来がはげしい御茶の水橋を避けて、聖橋を渡っていくことにきめている。

夭逝の画家、松本竣介も好んで描いた、この橋からニコライ堂にかけての道筋が好きで、できるだけ急がず、のんびりと歩いていると、東京という大都会が、うっかりとりこぼした素敵な落とし物をみつけたみたいで、ちょぴりうれしい気分になる。

この橋を渡るようになったのには、ひとつのキッカケがあった。

中学二年の春、わたしの通っていた公立の学校に、ひとりの国語担当の女教師が、風のように舞い込んできた。黒目がちの大きな目と、少し肉厚の唇が印象的なその先生は、あっという間に生徒たちのこころをつかんでしまった。

M先生は教師のほかに歌人というもうひとつの顔をもっていて、時折、希望する生徒に歌集を貸してくださったりしていたが、そのうちに、見よう見まねで、短歌をつくっては、先生にみてもらいに行く者が、ひとり、ふたりと出はじめ、それが後に一大ブームともいうべき騒ぎへと発展することになった。

日頃なにかと問題を起こす、暴れん坊の男子生徒たちが特に熱心だったのも意外だった。彼らがノートの切れ端に、そこいらへんの言葉をやみくもにかき集めて、五・七・五・七・七に並べただけの、短歌の体も成していない代物を手に、ニキビ面を紅潮させて居並んでいる姿はちょっと異様だったが、なんとなくほほえましくもあった。

先生の魔法の一振りで、おさまりのいい短歌に生まれ変わったのに気をよくして、来る日も来る日も、勉強そっちのけで歌詠みに励む生徒の群れは、日をおうごとに数を増し、しまいには職員室に長い行列ができるようになった。

初めのうちは軽い気持ちで引き受けていた先生が、ほかの教師の顰蹙を買うという事態にまでなってしまったのだ。

それからは、

「これぞ自信作というのが出来た時に限り、先生が預かって家で見てきてあげるから」と、いうことで一件落着となったのだが、今度は親たちのほうから、

「M先生がこの学校にいらしてから、どうも子供がそわそわして、勉強に身が入らない」

そんな苦情がくるようになった。

どういういきさつでそうなったのか、すっかり忘れてしまったけれど、先生が住んでいらした湯島のお宅に、わたしは一人で遊びに行ったことがある。お昼ご飯を運んでくださったお母さまが襖をしめて出ていかれたあと、

「わたしね、一度結婚に失敗したの、ほかに好きな人ができてしまってね。母には心配のかけどおしよ」

ふいに打ち明けられてびっくりしたと同時に、自分が一人前の大人としてあつかわれたようで、なんとなく誇らしくもあった。

「さあ、さめないうちに食べましょう」

思わずもらしてしまった秘密を打ち消すように、先生はあわてて、わたしに食事をすすめた。

一生懸命引いていたはずの線が、いつの間にかはみだしてしまって、そのはみだした線を途方にくれて見ている子供のように純な一面のある女性だった、どこかしら不器用で、人間臭くて。感じやすい年頃だったわたしたちを、なによりも

惹きつけたのは、そんなところだったのかもしれない。

昼食のあと、先生が近所を案内してくださることになった。

清水坂を下り、蔵前橋通りを急ぎ足で突っ切って、またひとつ坂をぬけ、本郷通りを渡ったあたりで、

「ちょっとここで待っていて」

そう言い置いて、先生は医科歯科大学の構内に消えてしまった。

すっかり無機物と化した銀杏の葉がカラカラと乾いた音をたてて冷たい風にまきあげられていくのを、ぼんやりと見つめながら十分ほど待っていただろうか。

こちらに向かって歩いてくる先生の後ろから、白衣を着た若い男性が追いかけてくるのが見えた。振り向いた先生は、すこし首をかしげるような仕草で、しばらくそのひとと話していた。

わたしは大人の世界を物陰から覗き見しているという、うしろめたい気持ちと、かるい興奮とを覚えながら、教室ではついぞ見たことのない、なんともいえずいじらしげな先生の姿にみとれていた。

間もなく、足元に目をおとすような姿勢のまま戻ってきた先生は、

「ごめんね、寒かったでしょ、このへんに天野屋っていう有名なお店があるの、

そこで甘いものでも御馳走する」

そう言って神田明神のほうにスタスタと歩きはじめた。

わたしが初めて聖橋を渡ったのは、そのあとのことだった。

「嬉しいにつけ、悲しいにつけ、よく、ここから空をながめるの」

橋の中程にさしかかると、欄干に寄りかかるような恰好で、先生は言った。

それからしばらくふたりで並んで、黙って空を見た。

風がすっかり雲を払って、空は本当に透きとおるような青さだった。

先生の歌集には、この橋から見た上弦の月やら下弦の月、夕日などがよく登場した。当時のわたしには、そこに託した思いまでは読み取ることはできなかったけれど、あのとき、橋から見た空には、たしかにこちらの投げかける思いを抱きとってくれるだけの、ひろやかさがあったような気がする。高層ビルに削り取られた今の空には、そんなゆとりはなさそうなのが少しさみしい。

細部にいたるまで鮮明に刻まれているあの日の記憶は、不思議なことに聖橋で、正確にいえば橋の真ん中でぷつん、と切れている。あれから、わたしたちは一体どこへ行ったのだろうか、ニコライ堂さえ見たおぼえがない。

次の年の春、M先生が突然学校を去ることになった。いろんな噂がとびかったが、本当のことは、ついにわからずじまいだった。

「校長に辞めさせないでくれって掛け合ってくる」

先頭きって騒ぎだしたのは、誰よりも熱心に短歌をつくっていた男子生徒たちだった。嘆願書を提出するとも言いだした。なにかしないではいられない気持ちだったにちがいないが、決まったことは、どう動かしようもなく、みんなただ唇をかんだ。

神津島の学校に移ったM先生から便りを受け取ったのは、それから間もなくのことだった。それは、わたし自身が別の学校に転校した時期と重なっていたのでよく憶えている。初めての手紙には、真っ白な砂と、小さな小さなピンク色の貝殻が三つほどはいっていて、

「こんなきらきら輝く砂があるところに、わたしは今います。この白い砂はさっきまであったかかったのよ」

確かそんなふうなことが書いてあった。

それからしばらく手紙のやりとりがあったが、それもいつの間にか途絶え、こんな白い砂のある島にいつか行ってみたい、そう思って大切にしまっておいたはずの手紙も砂も貝殻も、引っ越しを繰り返すうちにどこへともなく姿を消した。

きれいさっぱり消えてしまったから、尚更なつかしく、大事な思い出になった。これを書いている途中、むかし観たことがあるアーサー・ミラー原作の芝居のタイトルが頭をよぎった。

あの芝居の舞台になっていたのは、たしかブルックリン・ブリッジだったから、聖橋とはなんの関連性もないのだが、「橋からのながめ」というすっきりとした響きをもつ、ことばの余韻が、あの日、ここから見た突きぬけるような青空に、すーっと自然にとけこんでいくような気がして、そっくりそのまま拝借することにした。

ほっ、となる街

「まいんち、こう暑くっちゃかなわないね。昨日みたいに思いきってザーっと降っちまえばいいんだよね、そうすりゃ少しは涼しくなるだろうに」

浅草の仲見世通りを一筋それた小路で、店の前を掃除していたおばあさんが言うのを、「なーに、いまに、しと雨くるさ、きのうも今時分だったろ」

隣の店のおじいさんが受ける。

暑い、暑いといくら言ってみたって涼しくなるわけじゃなし、いっそのこと頭んなかに夕立でも降らして涼んでたほうが、よっぽど身のためってもんだ。なーに、いまに、しと雨くるさ、という、おじいさんの言葉は、そんなふうにつづいていきそうだった。

ところが浅草寺のお参りを済ませ、仲見世の商店街を抜けたあたりで、ほんとうに、ひと雨きたから驚いた。

日光へ遠足に行くときに乗った東武鉄道の浅草駅、昔のまんまだろうか、どうしても確かめずにはいられなくて松屋方面に向かって急ぎ足で歩いているうちに、雨足は一層はげしくなり、しまいには雷のおまけまでついてきたからびっくり仰天。ひとまず松屋の軒下に飛び込んで雨宿りをすることにした。

ところが突然の雨で、松屋の玄関先は人でごった返しているし、雨もそう易々とはやみそうにない。

とりあえず中に入ってお茶でも飲もうと、エスカレーターを昇りはじめて気がついたのだが、どの階も極端に天井が低く、従ってエスカレーターもずいぶんと短くて、あっという間に次の階に着いてしまう。つまり平均的日本人の背丈が今ほど高くなかった時代の寸法が、そっくり保存されているのだ。

なんだか子供のころに行ったデパートみたいでなつかしいな、と思いながらレストラン街まで昇ってゆき、和洋中華なんでもござれの食堂に入ってひと休みした。

そこの食堂で注文をとりにきたおばさんの笑顔が、実にチャーミングなのが、なにより印象的だった。

唇から頬、目元にいたるまでの表情が終始やんわりとほころんでいて、話していると、いつの間にかこちらまで、おだやかな気分にさせられてしまう。あんな自然な微笑みに、最近とんとお目にかかったことはない。

梅雨が完全に明けて、地中にこもっていた熱が一気に噴き出したような、とんでもない暑さの日に、なんでわざわざ浅草まで出掛けてゆき、雷門で雷さまにバッタリ、という羽目になったのかといえば、こういうことである。

その日、わたしは友人と日仏学院のカフェ・レストランで待ち合わせてランチをとった。

食事が済んで、わたしたちは飯田橋駅に向かって歩きながら、このあたり、昔とさほど変わっていない、東京で大人がゆっくり歩ける場所も少なくなったから、こういう場所ってほっとする、というような事を話していた。

そのうちに突如、もっとほっとする場所を探しに下町を歩いてみたい、という衝動に駆られ、思い立ったが吉日とばかり、友人と別れるがはやいか、先ずは浅草橋目指して総武線に飛び乗ってしまったのだ。

ごくごく短い期間ではあったが、浅草橋の繊維会社のデザイン室で仕事をしていたことがあるので、その辺のことなら大概わかっているはずだった。

ところが実際、何十年ぶりかで行ってみると、土地勘が完璧に錆びついていて、結局鳥越神社にも人に聞いてようやくたどり着くようなしまつだった。そもそも神社そのものがわたしの記憶のなかにあるイメージとは著しくかけはなれていて、どうしても合点がゆかない。

「昔はもっと大きな神社でしたよね、ここでお正月のお飾りなんかを焚き火に投げ込む行事をやるような」

社務所の若いひとに聞いてみると、

「いまでもやってます。神社はもとからこの大きさでしたよ。ただ建物が大きくなっただけです」

と、いうお答えがかえってきた。なるほどナットク！

半端な時間帯のせいか、街全体がお昼寝をしているみたいに、やけに静かなおかず横丁をぬけながら、昔このあたりにあった、おにぎり屋さんのことを思い出していた。

客が十人も入れば一杯になってしまうような小さな店を、きれいな奥さんが、たしか娘さんとふたりで切り盛りしていて、ふっくら炊きたてのご飯に好みの具をいれて客の目の前で握り、暖かな味噌汁と一緒に出してくれた。

昼少し前からの営業だったから寝坊して朝食をぬいたときなど、一番に駆け込んだものだった。行くと必ず奥さんが美味しい緑茶を丁寧にいれてくれる。濃いめだが、ちょっと甘味があってまろやかだった。

「こんないいお茶だして儲かるんですか?」

と、聞いてみたことがあった。

「どうってことない安いお茶だから心配しなくて大丈夫。どんなに安いお茶でもこころをこめていれてあげると、ちゃーんと美味しくなってくれるのよ。わたしもね、毎朝起きると先ず緑茶をゆっくり飲みながら、一日のことをこころにたたむの。そうすると不思議と落ちつくわよ」

彼女とのおしゃべりのなかで一番印象にのこっている、この、一日のことをこころにたたむ、という言葉、あの頃は何気なしに聞いていたが、近頃なんとなくわかるような気がしてきた。しばらくさがしてみたが、その店はとうとう見つからなかった。もしかしたらまたしてもわたしの記憶ちがいで、別の横丁だったのかもしれない。

その後、粋な柄ゆきの浴衣やちょっとした和装小物などを商う、こじんまりした店などのぞいたりしてから浅草へと足をのばし、雷様とのご対面となった次第。

思いの丈をぶちまけたような激しい雷雨が通りすぎたところで、松屋を出てもう一度仲見世の方にもどってみた。

この通りには、なにがなんでも必要というものはひとつとしてないのに、来たからにはなにか買って帰らないと損をする、そんな気分にさせられるところがある。

今回は薬研堀の七味唐がらし一袋に、瓢箪型の入れ物を買った後、オモチャ屋さんの店先で、おかしな動物、というより動物の尻尾状のものに目玉を二個つけた奇妙奇天烈な物体が、鼻先のボールをころがしながら、せわしなく動いているのを見つけ、我が家の猫がさぞ喜ぶだろうとおもわず買ってしまった。

だが、喜んだのは人間ばかりで、当の本人？　は気味悪がってズルズルと後ずさりするし、電池を抜いてころがしておくだけでも胡散臭げに横目で見て避けて通る。結局千五十円也の無駄遣いだったというわけだ。

散歩のしめくくりは、合羽橋の道具街、噂には聞いていたが訪れるのは初めてだったから、いや、興奮したのなんのって。

知り合いの外国人で、あそこに行くと半日遊べる、なんて言っていた人がいたが、いちいち見てたら半日でも足りないぐらい。

面白そうなもの、「ウソ！」と思わず口に出してしまうほど安いものがザクザク。組み合わせによっては相当しゃれた使い方ができそうなお皿やどんぶりが、何十円の単位のものから文字通り足の踏み場もないほどにひしめき、それでも納まりきらない品物が歩道にまであふれだしている。

その日はざっと下見といったところがせいぜいだったが、食器、食品、厨房器具、お菓子づくりのグッズ、鋳物、刃物、ここに来れば揃わないものはない、どうしても近いうちにゆっくり出直すしかないだろう。

頭から湯気が出そうな暑さのなかを一体どのぐらい歩いただろう、ところが不思議と疲れを感じない、どこへ行っても同じような街並みで、同じような品物を並べた繁華街に辟易していたわたしにとって、下町探検はなによりの疲労回復剤だったかもしれない。

翔んでる街

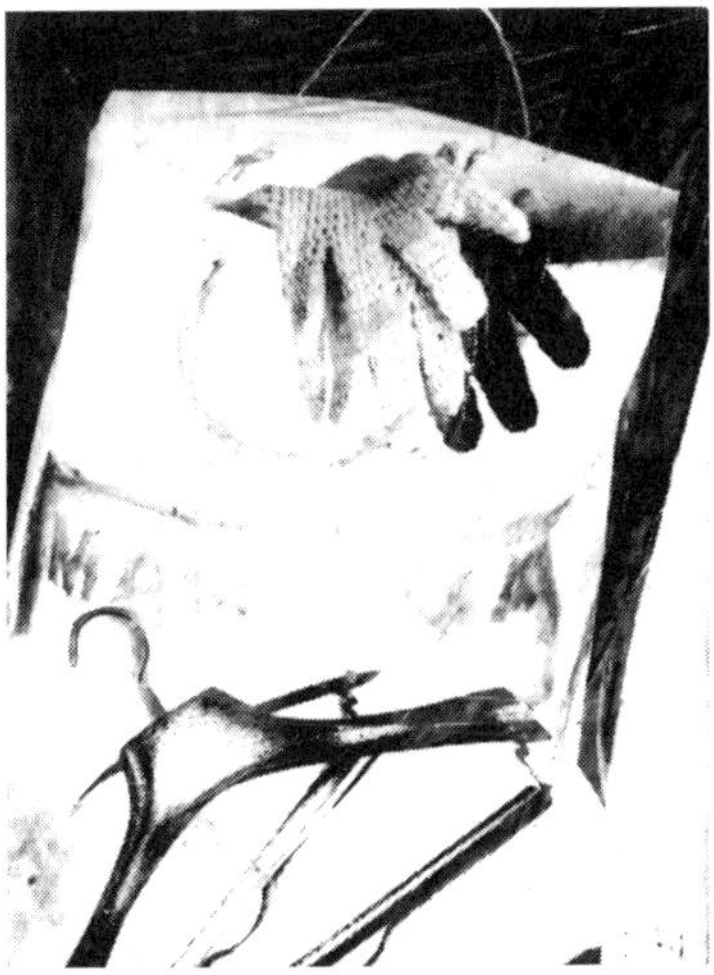

モンペにババシャツ、割烹着、色とりどりの上っ張り、クマちゃん模様のパジャマにチョッキ、ピカピカドレスでシャル・ウィ・ダンス？

八目うなぎにマムシのお酒、手焼きせんべに人形焼き、ラーメン、お汁粉、かき氷、いそべ巻きに塩大福、なつメロ専門カラオケ店、インドのお香に日本の線香。

お地蔵さんに参ったあとは、寄っていきなよ、見ていきな。ふだんはかたーい財布のヒモをちーっとゆるめて休んでいきな。ここは、巣鴨、天下の地蔵通り、お年寄りの原宿たー、ここのことだい。

チンチン電車を庚申塚でおりて、とげぬき地蔵を中心にひろがる商店街をひやかしながらあるいていくうちに、そんな文句が頭のなかで、くるっ、くるっ、とターンを始める。いつも変わらぬマイペース。世の中の流れに合わせようなんて気はこれっぽっちもない。もしお気が向いたら世の中さん、あんたのほうから訪ねておいでなさい。この街はいつだってそう言っている。

少々配色がわるくったって、縫い目がちょいとばかし粗っぽくたって、そんな細かいことには一向頓着せず思いつくまま気の向くままに、つないでいったパッチワークみたいな、あっけらかんとした明るさに思わず知らず乗せられ、肩の力がすーっとぬける。

「この前買ったセーターさ、妹に見せたらあたしにも買ってきてって頼まれちゃったのよ。たしかこの店だったと思うんだ」

連れに声をかけて勢いよく一件の洋品屋さんにかけこもうとしたおばあさん、先ずは店の入口近くにぶら下がっている一枚五百円也のスパッツを色違いで三枚、それに二千三百八十円のハーフ丈の部屋着一枚お買上。それにつられてお連れさんも八百円也の花柄前掛けを二枚。

浮世の風もどこ吹く風、安さと豊富な品ぞろえを誇るこの通りの洋品屋さんは、お参りついでにショッピングを楽しむお年寄りでどこも満員盛況花盛りだ。

すでに引退した、なかなかセンスのいい女優さんがある雑誌のインタビューで、「実はわたし、おばさんショップの隠れファンなんですよ。ああいうところって、ちょっと他では見つからないような思いがけない品物があるんだけど、それが使いかたしだいでとてもオシャレな感じになるの」

そう言っていたのを読んで、いっぺんにその女優さんが好きになってしまった。というのも、なにを隠そうこのわたしも若いころからおばさんショップをこよなく愛するものの一人なのだ。

目にも鮮やかな色彩の洪水をやり過ごし、おどろおどろしい模様の山々を乗り超えて、白昼堂々と表舞台に躍り出た肌着の行列にも目もくれず、ひたすら突き進んでいくと、必ずあなただけを待っていたのよ、とにっこり笑いかけてくるモノがひそんでいる。

きれいな色をしたビロードの手袋、はぎれをつなぎ合わせてつくったポシェット、夢のような色合いのスカーフ。どれも子供のお小遣いでも買えるような品物なのだが、それこそがこちらの遊び心をこよなくくすぐる。

透けるナイロンスカーフは何色か重ねて包装紙のかわりに贈り物を包んだり、服に合わせてポケットチーフにしたり、何本もねじってリボンをつくったりして楽しむ。

地味なワンピースに斜めにかけたポシェット、なかの一色を手袋なんかと合わせれば、そのままパーティーにも出かけられる。

「あら素敵、どちらでお求めになったの？」

なんて、聞かれたりしようものなら、胸の裏側で笑いがゆれる。

若者の間で流行ってるアニマルプリントなんか、この手の店は得意中の得意。

現に豹柄のファッションに身を包んだハデメのおばあちゃんたちが元気よく通りを闊歩している。いつも髪を切ってくれる若い美容師さんが、

「わたしこの頃、渋谷とか原宿とかには行かないんです。なんだかやたらに疲れた感じの若者が、あっちでもこっちでもしゃがみこんでいて悲しくなっちゃう、わたしたちの若い頃は少なくとももっとパワーがありましたよ。突っ張るにしても、それなりにきちんとした筋もあったし」

まだ二十四才だという女性がわれわれの若いころなんて言うのもおかしかったが、言われてみれば一理ある。

路上で踊ったり歌ったりするエネルギーさえなくして、老人みたいにへたりこんでる若者を見るとがっかりする、と彼女はおおきくため息をついた。

「老人みたいって言うけど、本物の老人のほうがよっぽどパワフルよ。巣鴨の地蔵通りに行ってごらんなさいよ」

わたしが言うと、

「どこなんですかそれ?」

と、キョトンとする。いくら彼女が本物の原宿には足を向けなくなったからといって、いつの間にかお年寄りの原宿の肩をもっている自分に気づいて、わたしはおもわず苦笑してしまった。

このお正月は母を誘って久々に巣鴨地蔵にお参りしたあと、テレビにも度々登場して評判をよび、連日行列ができるという、とげぬき地蔵脇のうどん屋さんに立ち寄ってみた。比較的おだやかな陽気だったとはいえ、寒さをこらえながら、まだ見ぬ噂のカレーうどんを頭に描きつつ待っているのは、なかなかもって我慢のいることだ。

店内でだれかが立ち上がる度に、次のお二人さん、どうぞ、てなぐあいにマイクで呼び出しがかかる。

江ノ島からはるばるやって来たという女子高生のグループがいた。なかの一人が、

「すみません、シャッターをおしていただけますか」

と、たのむと、店主の娘さんらしい美人の若い女性がこころよく応じながら、

「前におばあちゃまといらしたことがあるわよね」

と、声をかける。

高校生のお嬢ちゃん「はい」と、うれしそうに頷いてカメラに向かって満面の笑み。

それはいいとして、びっくりするほど物価の安いこの街で、たかがカレーうどん一杯に千百円はないだろうと、文句のひとつも言いたいところだが、ま、そこんとこは、お地蔵さんに免じてゆるすとしようか。

商店街をぬけて白山通りを横切り、都電の西ケ原に向かうわたしの散歩コースに染井墓地が加わわるようになったのは、たしか八年ほど前からだったと記憶している。

あとで知ったことだが、そもそもここが発祥の地だというソメイヨシノが満開で、それにいざなわれて墓地に迷い込んだのだから、季節は春だったにちがいないが、花冷えというのだろうか、ひどく寒い日で少し黄色を掃いたような夕暮れの空に、薄紅をにじませて咲く花の風情は忘れられない。

時々目を細めたりしながら、空ばかり見上げてそぞろ歩いていたのだが、ふと地上に視線をおとしたとき、とくべつ仰々しい囲いもなく余計な装飾もない、いたってすっきりとした一対の墓が目にはいった。一方は水原家代々の墓になっているらしいが、もう一方の墓石には、わたしの人生にぽつん、と一点美しい彩りを添えてくださった方として、いつもこころの片隅にあった俳人、そして、お医者さまでもあられた水原秋桜子先生のお名前がきざまれていた。

わたしの生まれた病院の産科にいらした先生に、父がお願いしてつけていただいた芙沙子という名前、いまでこそ気に入っているのだが、子供のころはどうも好きになれず麗子とか葉子ならよかったのに、などと文句を言う度に早くに亡くなった父に叱られたものだった。

二葉亭四迷など多くの文人達が眠ることで知られるこの広い墓地で、たまたまそこに行き着いた、まるでソメイヨシノのお引き合わせのようなご縁がうれしくて、まだ目もあききらないヒヨッコのころ、たった一回お目にかかった?きりの先生を、勝手に親しい方のように思いなし、わたしはときどきお墓参りをさせていただいている。

歌舞伎はいつでもワンダーランド

わたしが母方の祖母のお供で、歌舞伎なるものを初めて観に行ったのは、たしか小学校の四・五年のころだったとおもう。

当時娯楽といえば、たまに映画に連れていってもらうぐらいがせいぜいだったわたしにとって、それは目から耳から飛び込んできたびっくり仰天が、身体中を全速力で駆け巡り、あれよあれよという間もなく、頭のてっぺんから突き抜けていったような世界だった。幕があいた瞬間、鮮やかな色彩がいっぺんに飛び込んできて先ず目がびっくり。

いままで目隠しされていたのが、急に明るい世界に放り出されたみたいに、目玉が面食らってクラクラするほどだった。

緋色、紅色、朱色と様々なニュアンスの赤、きりっと冴えた紫、いわゆる御納戸色といわれている渋い緑。黒に黒を重ねて更に黒で染めたような深い深い黒。

お前さん、このあたりじゃちょいと見かけぬ顔だね、と言いたくなるような粋で洗練された色が、いちどきに見てしまうのは勿体ない、どこかに大事にしまっておいて、後でひとつひとつゆっくり見たいとおもうほど、豪華絢爛、所狭しとふんだんにちりばめられている。

それに装飾芸術の見事さ。舞台装置といい、衣装といい、メイクといい、小道具といい、どうしてどうして超モダーンではないか。

これが今どきの流行りだよ、と大いばりで歩いてるそんじょそこらの下手なデザインなんか真っ青になって逃げ出してしまうほど斬新な意匠、思いっきりのいい配色、省略の妙。多分そんなところに子供時代のわたしは、ちょっとしたカルチャーショックを受けたのではないかとおもう。

びっくりはまだまだつづく。

舞台の上手にすわったおじさんが、ここぞという場面になると力をこめて、板きれに思いっきり拍子木を打ちつけ、これでもかこれでもかと芝居を盛り上げ、観客の感動を煽り立てるツケ。

浄瑠璃を語る太夫の、力がはいりすぎて真っ赤になった顔、のびてのびて目一杯のびて血管が何本も浮きだし、大丈夫かしらと心配になってくる首筋。

見ないでくれ、どうかいないものとおもってくれ、といくらたのまれたって、現に目の前に出てきているものを無視するわけにはいかないじゃありませんか、ともの申したくなる黒衣なるお役目。

花道でひとしきりあれやこれや語っておいてから、も早ここまで、とこころを決めたか、独特の所作で飛び跳ねながらひっこんでゆく六法。

客には両方見えているのに、お互い同志はあたかも見えないがごとく、じれったいほど何回も何回も姿をさぐりあっては、すれちがいを繰り返すダンマリ。あれだって子供にとっては笑いをこらえるのに苦労するような、考えてみればずいぶんとユニークな演出ではないか。

そして、なんといっても忘れちゃーならないのは、そう、あれ、あれです、「成田屋!」「中村屋!」「音羽屋!」なんていう、あのかけ声。

役者は、来るぞ、来るぞ、さー来い!、と、台詞を言いながらも秒読みを始めている。声をかけるほうはかけるほうで、次だぞ、そろそろだぞ、と、狙った獲物を睨みながらタイミングを見計らっている。ぴたっ、と決まったときは役者と、大向こうの気持ちがトロリ、ととろけ合って、なんとも言えない良い心持ちなんだろうな、そうおもっただけで、なにやらぞくぞくしてくる。

知り合いのフランス人男性に、大の歌舞伎ファンがいる。

彼は「四谷怪談」をフランス語に訳し、なおも飽き足らずついには中村又五郎に弟子入りしてしまったぐらいの熱の入れようだった。その人のびっくりは舞台のほうではなく、むしろ客席だったそうだ。

日本に来て初めて歌舞伎を観に行ったとき、役者の迫真の演技にひきこまれて涙しつつ、ミカンやおせんべいを頬張るおばあさんたちの姿を見てショックを受け、どうしてふたつの相反する行動を同時に成しうるものかと、真剣に考え込んでしまったらしい。

ヒロインに同情し、感極まって貰い泣きするほどのやさしいこころの傍らに、食欲の居場所をちゃんと確保できる神経はとても僕には理解できない、彼はしきりにそう言っていた。

なるほど悲劇の主人公が身もよじらんばかりに泣き崩れるシーンで、「ボリボリ」と煎餅をかみ砕く音が響いてきたり、みかんの匂いが漂ってきたのではいささか興ざめというものだ。だが、そのふたつをふたつとも、だまって許してしまうところもまた、庶民の娯楽として育ってきた歌舞伎ならではの懐の深さなのかもしれない。

祖母には、それからも何回か歌舞伎に連れていってもらったが、いまでも忘れられないのは、「与話情浮名横櫛」、ご存じ「源氏店」なる演し物だ。

「しがねえ恋の情けが仇、命の綱の切れたのを、どうとりとめてか木更津から、めぐる月日も三年越し、江戸の親にゃー勘当うけ、よんどころなく鎌倉の、谷七郷はくいつめても、面にうけたる看板の、疵がもっけの幸いに、切られ与三と異名をとり、押借り強請も習おうより、慣れた時代の源氏店……」

おっと、この辺でよしておかないと、図にのって最後までやってしまいそうになるからこわい。なによりノリのいいところが気に入ったこの台詞、いつの間にかすっかり暗記してしまったのだ。

ところが、それをどこでどうやって覚えたものか、一向に思い出せない。あたしかにさわりの部分だけは、全身耳にしてその場で頭にいれたはずだが、あの長台詞、一度に頭にたたき込むのは至難の業。それを大して物覚えのいいほうではないこのわたしが、なし得たとは信じがたい。と、すればだれかに後で聞いたのか、それとも何か本でも読んだのかということになるのだが、当時、歌舞伎に関する書物を繙くほど優雅な暮らしをしていたわけではないし、そんなものを教えてくれるひとが近くにいたとは考えられない。

お経のように丸暗記していたこの台詞を、最近になって、歌舞伎名せりふ集みたいなものを立ち読みしながら検証しなおしてみたのだが、ほう、やつしちごうなんて、なんのことやらわからぬまま覚えていたけれど、谷七郷と、こんなふうに書くのか、などと感心しているぐらいだから、ただただ音で覚えたものらしい。

子供のときに意味もわからぬまま、好きな食べ物を一気に平らげるようにして、遮二無二覚えたいくつかの詩なども未だに忘れないでいるところをみると、その類のことだったのかもしれない。

それにしても、小学生が、しかも女だてらに、切られ与三の台詞なんか覚えてなんの足しにしようと思ったものか、われながら呆れるばかりだが、いまだに人生の肝心カナメでないことばかりに熱中する我が身を振り返ってみれば、人間いくつになっても大筋は変わらないものかもしれないとおもえてくる。

子供時代から長い長いブランクを経て、また最近、すこし時間のゆとりができたのを機に、年に二・三度母に付き合って歌舞伎見物をするのだが、観る度に、歌舞伎ってずいぶんシュール・リアリスティックで、ファンタスティクで、モダーンなものだな、と感心する。

日本のもっとも伝統的な芸能を観ているはずなのに、気がつけば、そんな横文字がヒョイヒョイと、それも自然に飛び出してくるのも不思議といえば不思議。

歌舞伎はいまでもわたしにとってはびっくり仰天の折り詰め、とびっきり上等なワンダーランドだ。

千鳥ケ淵狂想曲

コートも上着も脱ぎすてて、原っぱでもあったら寝っころがりたいような気分の日だった。そんな陽気にさそわれて待ってました、とばかりに桜が咲きそろったとくれば、花を目当ての人々が千鳥ケ淵めがけて押し寄せたとしてもなんの不思議もない、ハナっからそう考えるべきだった。

用事で本郷に出たついでに、九段まで足をのばして桜でも見ていこうと言いだしたのは夫のほうだったが、わたしもわたしで、それは実にいい思いつきだとほめたたえ、のこのこくっついていったのだから、文句を言える筋合いのものではない。

ウィークデイの真っ昼間から、花見とシャレこもうなどというヒマなご仁もそうはいないだろうと、われわれは地下鉄九段下駅構内の混雑を見るまでは本気でそう思っていたのだから、まったくもってオメデタイ。

そこはまさに人間の洪水だった。

いかに人とぶつからないように歩くか、そればかりに気をとられて、肝心の桜をゆっくり楽しむ余裕などありはしない。それでもなんとか人の頭の部分を視界から排除し、空と桜だけを切り取って目のうちに取り込もうと懸命の努力をこころみる。

あっちにも、こっちにも、桜のほうにぬっ、と首を突き出してカメラにおさまろうと必死になっているひとびとがいる。

全身に桜吹雪を散らした絵柄の和服に身をつつみ、汗ばむほどの陽気も、ごった返す人の波もほとんど眼中にないらしい、陶然としたおももちでポーズをとっている、中年のご婦人の姿もやや奇怪ではあったが、歩道のわずかな隙間にチンマリとシートをひろげて、飲食に没頭しているひとたちにいたっては、もうわたしの想像の域をはるかに超えていた。

桜はおろか、あたりの風景さえも目にとどかぬそんな場所で、なにがうれしくて行き交うひとの足など肴にワインで乾杯しなくてはならないのか、いまもって信じられない。

路肩にはこのポカポカ陽気のなか、焼き芋屋の車が何台も止まって、

「イーシヤキーモー」

　と、暑っくるしい音声をまきちらしている。

　その間を縫うようにキャンディー屋の自転車が並ぶ。それに団子三兄弟とかいう流行りの歌をひっきりなしに流して客を寄せている団子屋。ホットドック屋。焼きとり屋。本日が勝負とばかりに乗り出してきたヤクルトおばさん。

　まるで盆と正月と縁日のごった煮が大盛りになって出てきたような毒気にあてられて、頭はカランカランとへんな音を立てはじめ、もう勝手にしてくれ、桜なんかどうでもいいや、そんなステバチな気分が時折おそってくる。

　この狂乱に向かって、おおらかに門戸を開け放っているインド大使館のあたりで、品のいい老紳士が夫人の乗った車椅子を前に呆然と立ちすくんでいた。

　かれは夫人のほうに身をかがめて、

「もう帰るかい？」

　と、静かな声でたずねた。

　すると、夫人は血管が浮き出るほどに白い顔をくもらせ、被りを何度もふって夫に抗議する。桜だけは絶対に見たい、夫人はそんなふうにご主人にせがんだのだろう。かのじょにとって桜は、命を燃やす火種のようにかけがえのないものにちがいない。

いかにけたたましい喧騒が自分と桜を隔てようとも、今年の桜だけはなんとしてでも見ておかなくては、そんな執念が細く青白い老婦人の身体からたちのぼっているようだった。

「この先にホテルがあったよね、あそこでお茶でも飲んで帰ろうか」

そんな夫の提案にいくらか元気を取り戻したものの、ようやくたどり着いたホテルのロビーは予想に反してすでに人、人、人の列。ティールームは整理券がでるほどの混雑ぶりだ。ホテルの入り口前には屋台が出て、はっぴを着た数人の男性が団子やホットドックを売っていて、そこにも長い列ができている。

事ここに及ぶと、にわかに夫の機嫌がわるくなってきた。

気にそまない事に直面したときの突然のダンマリ。その事態から一刻もはやく逃れ去ろうと踵をかえす動作の信じがたいほどの敏捷さ。怒りというマイナスエネルギーを肩に乗っけている、一目でそれとわかる独特の後ろ姿。あ、またはじまった、そう思ってわたしも来た道を黙々と引き返す。

車の列は道路に張りついたように静止したまま。

上空には花見客で賑わう千鳥ケ淵の様子を撮ろうと、しつこく旋回するヘリコプターの群れ。そしてここでもケイタイの、わたしが生涯馴染むことなど断じてないだろう、あの音。

—そもそも自分が来ようと言ったんでしょ、こんなこと最初からある程度予測ができたじゃないの、一体なにを怒ってるのよ。

—べつに怒ってなんかいないよ。この狂気の沙汰からはやく逃れたいだけだ。

—とにかく千鳥ケ淵の桜を遠巻きながら拝めたんだからいいじゃないの。

歩きながら、ざっとこんな内容の会話が無言のうちにわれわれの間で交わされる。

そのときふと、前にもこんなことがあったな、とおもいあたった。

まだ息子が小さかったころ、かれの通っていた小学校の創立記念日かなにかで学校が休みなのを利用して親子三人で後楽園に出かけたことがあった。

ひとしきり遊んでそろそろ帰路につこうとしていたとき、球場を指さして息子が叫んだ。

「きょうは巨人阪神戦だ」

なにしろウィークデイだ、今から並べばことによったら入れるかもしれない、そんな甘い考えがいけなかった。われわれは早速列の尻尾についた。ところが列の様子がなんだかおかしい。二列に並んでいるのかとおもいこんでいたのだが、どうもそうではないらしく、われわれがいる位置は二周目の尻尾らしいことがわかってきたのだ。

われわれと同じことを、それもわれわれよりずっと早くに気づいた人の列が、球場を取り囲む巨大な二重丸を描いていたことになる。

あの日めでたく球場に入れたのかどうかさえおぼえがない。ただ、われわれのなかに流れた持って行き場のない苛立たしさ、疲労感、そしてなによりも気づいたときにはすでに自分たちは二重丸のオッポにすぎなかったという、どうしようもない敗北感、それだけはたしかな重みをもって、われわれの記憶のなかに沈んだ。

千鳥ケ淵で感じた説明しようのない虚しさは、かなりあれに近いものだったようにおもう。

こともあろうに自分たちが、群衆心理という得体の知れない渦のなかに巻き込まれて、ほとんど生き物でさえない、小さなホコリみたいな頼りない存在になって、ただフワフワと宙を揺れ漂っているような情けなさ、とでも言ったらいいだろうか。そんなものがまたしても身体の芯にどんよりとのこった。

千鳥ケ淵の花見から一週間ほどが過ぎたある日。

わたしは石神井公園駅ちかくの踏み切りにひっかかって何台も何台も行き過ぎる電車を見送っていた。いつものわたしならここらへんで、

「エーイ、またか、冗談じゃない、この忙しいのに、付き合いきれないわよ」

だれもいないのをいいことに、車の中で声に出して文句をいっているところだ。

だが、その日に限って鼻先で閉まってくれた遮断機にむしろお礼をいいたい気持ちだった。線路の向こう側にやわらかく花をひろげている一本の桜の木が見えたからだ。

あわい花びらの群れが、すっかり茜色に染まった夕空にとけはじめて、霞のようにたなびくさまは、それはそれはきれいで、おもわず息をのむほどだった。

去年《こぞ》の春　逢へりし君に　恋ひにてし　桜の花は　迎へ来らしも

万葉びとの歌のように、桜のほうがわたしを迎えに来てくれたのかもしれない。そんな自惚れた気分にひたれるほど幸せな桜との逢瀬だった。

朝のシンフォニー

夕べの雨に洗われた木々の緑が、さえざえと目に染みた。

この町に移り住んで、十年近くになろうとしているのに、石神井公園をゆっくりと、それもあんなに朝早く散歩したのは初めてのことだった。

友人からもらって以来、一度も履いたことのなかった白いスニーカーを持ち出し、意気揚々と家を出たのは、ようやく六時をまわった時刻だったとおもう。

一番乗りのつもりだったのにとんでもない、公園にはすでに相当数の先客がいて、わたしのまったく知らない朝の情景が、そこここでくりひろげられていた。

池のほとりには、くっきりとした青紫をみなもに映して、いまを盛りと咲き誇る紫陽花に、柳がしなだれかかるのをキャンバスに写しとっているひとがいる。

陸にあがって羽づくろいする水鳥の仕草に、やさしい視線をそそぐ老人の姿もあった。釣り糸をたれるひともいる。

大気のなかに身をとかしこむように、ゆったりと手足を動かして太極拳に励む青年の横を、ジョギング姿の若者がひたすら前方だけを見つめて駆け抜けてゆく。池を見渡せる位置にしつらえられたテーブルで、魔法瓶から注ぎ入れたモーニングコーヒーを飲みながらゆっくりと新聞を読んでいる中年の男性を見かけた。公園をダイニングルームにしてしまうなんて、なんたるオシャレ、こうなるともう朝の達人と呼ぶしかない。なるほどこんな手もあったか、とおもわず恐れ入ってしまった。

池のあちこちに、小枝を束ねて浮かばせた水鳥たちの休憩所では、小さな亀が甲羅乾しをしている。そこに泳ぎ寄ってきた、か細い身体の雛鳥が小枝にすがってよじ登ろうとしては何度も失敗をくりかえす。

「よいしょ」

掛け声をかける老紳士の横で、わたしもヒナの動きにあわせて思わず息をつめてしまった。

ようやく小さな水鳥が登頂に成功すると、「よしよし」というようにそのひとは何度も頷き、

「バンだな、まだほんの子供だ」

独り言のように呟いた。

「バンっていうんですか、どんな字を書くんでしょう?」

わたしはその見知らぬひとについ声をかけてしまった。朝の公園にはそんな気安さがある。

「さあ、字はわかんないな、カタカナでバン。ハ、ハ、ハ」

人懐っこい笑いをのこして、そのひとは歩み去った。

細い遊歩道を行き過ぎるひとたちが、すれ違うときに「おはようございます」と声をかけあい、ほんの一瞬、人の温もりが交差する。

三宝寺池の睡蓮も折角だから見ておこうとおもいたった。

葉のほうは色も形もさして際立たず、どちらかというと、とりとめもない風情で浮きだだよっているのとは対照的に、花はまるで精巧な細工物のように端正な姿で、凛然と水面に座している。

子供のころ住んでいた家の近くに皆が「ハスイケ」、と呼んでいた場所があった。

夏になると、なみなみと水をたたえた池が、白と紅色の花を一面に浮かべて静まり返るさまがなんだかわからないけれど、ただ恐ろしくて、わたしはいつしかそこを避けて通るようになっていた。

いまこうしてしみじみと向き合ってみると、この花が水中深くから茎をのばして地上に姿を現したというより、なにか見えないものの掌で天上から、そっと水面におろされたもののようにおもわれて、やはりこの世ならぬものを感じずにはいられないが、それは、あの子供時代に感じた恐怖とはちょっとちがう、むしろ神々しさ、気高さといったようなもので、歳を重ねても重ねた分だけ賢くなるとはかぎらない、ひとのこころを優しくさとす、慈しみに満ちたものとしていまの私には映る。

一八九〇年、モネが五十才の年にジヴェルニーに家を買い、その庭に睡蓮を植えて愛でたが、あるとき突然そこに池の妖精が現れて、かれに夢中で絵筆をはしらせたと何かで読んだことがある。それがあの一連の名作を生んだのだとすれば、やはり睡蓮には空蝉を超えた何かが宿っているのかもしれない。

睡蓮に限らず、水のなかに根を張る植物には、こころひかれるものが多いけれど、わたしが、とりわけ気になって、つい足を止めてしまうのは、葉の半分だけ、色素がぬけて白くなっている「半夏生」（半化粧という別名ももつ）とよばれるドクダミ科の植物だ。

その塗りかけのような、はかない白が風にゆらめくのを見ると、幸せ薄い色街のおんなの細い首筋に、かすかにのこる水白粉など連想して、つい、ありもしない物語を重ねてみたくなる。

そのすぐ近くに生息するコウホネという水草も、そういう意味でわたしの興味をそそる植物のひとつだ。

地上たかく、すっくと立ち上がった葉は案外しっかりとした外見をもち、可憐な黄色い花が、不釣合なほど太い茎の上に頭をちょこんとのせて、葉よりいくぶん低い位置につつましく咲いている。

身をかたくして咲く花が女ならば、その姿を世間の目から守るような形でのびた葉が男、人目をしのんでおちてゆく男女の姿に見えなくもないな、などと勝手気ままな空想に耽っているわたしを、植物達は、勝手な想像されたら迷惑千万、とおこっているかもしれない。

「コウホネ」は、漢字で「河骨」と書くそうな、なんでも白い地下茎が水中にころがる姿が白骨のようだからだという。なにやらこわくなってきた。これ以上余計なことは考えまい。

この公園はまた、野良猫たちの天国でもあるらしい。あちらこちらからいずれ劣らぬ個性派が顔をのぞかせる。

ありとあらゆる智恵をしぼって、過酷な現実を生き抜いてきているのだから、ただものではない、わが家の箱入り猫が見たら、さぞや身体をぺったんこにしてワナワナとふるえるであろう、それはそれは堂々たる風貌の持ち主ばかりだ。

公園の出口近くで、野良にしては比較的おっとりとした感じの猫を囲んでいる一団に出会った。どうやら彼らはここの常連さんらしい。

若い女性が、木の枝でその猫をおびき寄せようと躍起になっている。

「その手にはもう乗らぬって顔してる。すねた横顔もなかなかいいじゃない」

ハイカラな赤いベストを羽織った紳士が猫のほうに身をかがめながら笑っている。

「子猫のときは、よくジャレたけどね、少し大きくなるとなかなか思い通りにはならないですよ、人間とおんなじ」

四十がらみの男性がため息まじりに言ったのを潮に、彼らは散らばっていった。

早起きは三文の得というけれど、この早朝の散策は、ほとんど小さな旅と言ってもいいほどの新鮮なよろこびをわたしにくれた。

「きょうは、なんとかもちそうですね」

「よーく降りましたものね」

そんな短い言葉を交わして、二組の老夫婦がすれ違ってゆく。

雨と雨の隙間を縫って、やっと這いだしてきたような日の光が細くさしてきていた。

雪が降る

「ネリマノミィナサマ、コンバンワ。ミィナサマニ、オアイデキテェ、トゥォテエモウレシィイ」

舞台の中央でにこやかに挨拶しているのは往年の、と言ったら本人は心外だろうが、「雪が降る」や「サン・トワ・マミー」などで日本でもおなじみのシャンソン歌手、サルバトール・アダモ。

一九九九年一月吉日、われわれ夫婦はかれのニューイヤーコンサート会場に向かうべく、西武池袋線を練馬駅で降りたった。

すると、いるいる、アダモと共に青春し、アダモと共に年をとったひとの群れ。かれらは三々五々連れ立って冬空の下、練馬文化センター目指して足早に歩いてゆく。

—ああどうかアダモさん、お腹のあたりにたっぷりお肉を蓄えていませんように。髪の毛もちゃんとありますように。ブルージーンと皮ジャンパーで跳ねても息がきれたりなんかしませんように。

そう祈らずにいられれようか。昔ひそかにこころを寄せた男性がそんじょそこらの、ただのおじさんになりはてて目の前に現れるよりずっと切実な問題なのだ、なにしろかれはわれわれ世代のスターなのだから。

アダモのコンサートを聴きにいくと言ったら、わが妹は電話口で叫んだ。

「まさか！ウソでしょ」

わたしはその昔、来る日も来る日もドーナツ盤と呼ばれる四十五回転のレコードでアダモの「雪が降る」、「サントワ・マミー」、「ラ・ニュイ（夜のメロディ）」、「ブルージーンと皮ジャンパー」等々をフランス語の勉強と称して繰り返し聴いていた。

妹もそこらへんまでは、どうにか我慢できたらしいのだが、一緒になって熱唱するわたしの甲高い、しかも見事に音程のくるった歌声だけはなんとも耐えがたく、いまでも思い出すたびに軽いめまいのようなものをおぼえるらしい。

傍目にはあまりにも無惨な歌唱力に、さしたるコンプレックスも抱いていないらしい姉のすがたは、妹にとっては哀れなまでに滑稽だったにちがいない。

ああ、それなのに、こころ優しいかのじょは当時一言の苦言も呈することなどなかった。だから久々にアダモの名をきいた途端、あの悪夢のような日々がよみがえり、かのじょがクラリ、ときたとしてもけっして不思議ではないのである。

とにもかくにも一月のある寒い晩、われわれ夫婦は、ほとんど無理やりといった感じでお誘いしたロシア文学者、H先生ご夫妻と共に練馬文化センターの中程の席に陣取っていたのである。

アダモはまず冒頭のような挨拶をしたあと、ときには舞台せましと、とんだり跳ねたりしながら、おそるべきエネルギーで立て続けに何曲も何曲も熱唱する。

だいじょうぶ、息ぎれもしてない、お腹もでてない。われらの世代のスターはちゃんとスターらしい輝きを保っていた。ときおり日本語の歌やお喋りをはさんだり、花束を差し出す熱烈なファンのほうにかがみこんで、ひとりひとりと握手したり、両頬にキスしたり、サーヴィスにもぬかりはない。

いよいよフィナーレが近づき、だれの目にも、そろそろ「雪が降る」かな、と思わせる場面が訪れた。が、かれは突然、サヨナラ、サヨナラ、マタ、アイマショウ、などとお別れの歌を日本語で歌いだしたではないか。そして静かに静かに幕はおりてしまった。

「え、『雪が降る』やらないの、あれが一番好きなのに」

われわれのうしろから、がっかりしたような女性の声が聞こえてくる。

肝心なものがついに出なかったことに不満な観客の、われんばかりの拍手にこたえて再び舞台に現れたアダモさん、歌いはじめたのは「雪が降る」ではなく、「ろくでなし」。ドーナツ盤でおぼえた「雪が降る」を、わたしはいったいどれぐらい口ずさんだろうか。東京で、そして凍てつくパリの空の下で。

三十年ちかくも前、パリのシテ・ユニヴェルシテール（大学都市）に住んでいたころのことだ。

ある夜、友人のところにどうしても取りにいかなくてはならないものがあって、おもてに出ると雨は雪にかわっていた。下のほうからキリキリと這いあがってくる寒気は半端ではない。降る雪は冷たい石畳のうえで、たちまちのうちにかじかんでしまう。それでもパリに来てはじめて見る雪に興奮して、わたしはあの日も歌っていた、アダモの「雪が降る」を。

ところが困ったことに裏門のあたりに止めてあった車に乗り込むと、あまりの寒さにこごえてか、エンジンがピクリとも反応しないのだ。

チョークを引いてみたり、ボンネットをあけてわかりもしないのに中をのぞきこんでみたり。あきらめかけて、タクシーにしようかしらと思案していると、茂みのほうから声がかかる。

「ちょいと、ねえさん。どうしたい？　あんたの車も相当ご機嫌ななめなようじゃないか。おい、くまさん（もちろん仮名）、ちょっと見てやんなよ」

日頃そのあたりに集って暮らすホームレスさんたち、その日も焚き火を囲んで宴会の真っ最中だった。

「ねえさん、車のことはこのくまさんに、すっかり任しときなよ。なにせ奴さん、昔は修理工場で働いてたんだからプロフェッショナルさ。あんたこっちに来てあったまってなよ」

かくしてわたしはエンジンのことは、すっかりくまさんにお願いして、ちゃっかりかれらの円陣に加わって暖をとり、おまけにブランドものじゃなくって、ブレンドもののワインまでご馳走になってしまった。いってみればホームレスさんちのホームパーティーにおよばれしてしまったことになる。

「あんた国はどこだいヴェトナムかい？　ちがう、それじゃ中国だな、え、なにジャポネーズか。だれかいたな、ジャポンに行ったことがあるって威張ってたやつが、どこで会ったやつだったけか、すっかりわすれっちまった。まあいいや、もう一杯どうだい」

そのとき、エンジンが勢いよくかかる音がした。

「ほらな、あっという間になおっちまったろ、なにしろくまさん腕はたしかだ。たいしたもんさ。気をつけていきなよ、なに礼はどうするって？　そんなもん奴さんが受け取るわけないさ」

最初っから最後までしゃべっていたのは、一番年かさのそのおじさん一人で、あとのひとたちは、ただ黙々と中央の闇鍋のようなものをつついたり、ワインを飲んだり、われわれのやりとりに相槌を打ったり、ニコニコ笑っているだけ。くまさんにしてからが車をなおす間も、なおし終わってもどってきても、わたしが礼を述べても無言のままで、ただ最後に片手を「あばよ」、という感じにあげただけだった。

コーヒーを飲みながらアダモのＣＤを聴いていると、なぜかあの日の情景がうかんでくる。

雪の夜、闇のなかから忽然とあらわれたひとの輪。親切に車をなおしてくれたおじさん。すべてが昔話の住人めいていて、現実のようでない、なんとなく不思議な晩だった。さーて、そろそろ話を練馬に戻そう。

幕があき、暗い夜空をバックにアダモが立っている。そしてついに歌いだした。

「ユキハフル、アナタハコナイ……」

やがてスクリーンいっぱいに雪が舞う。最後の最後までジラしにジラす、見え透いた演出だとわかっていても、観客は気持ち良くだまされたふりをして聴き惚れる。それぞれの胸のなかで、それぞれの雪への思いがとけはじめる。

春の川越、ラムネいろ

日曜日、足は自然に都心とは反対方向に向く。

文句なしのポカポカ陽気、きょうこそ川越に行ってみようかということになった。

大泉学園駅から西武池袋線に乗り、所沢で新宿線に乗り換えて本川越へ。片道ひとり三百六十円の手軽な旅だ。

小江戸川越ときくたびに興味をそそられていた。

車で川越街道をひたすらまっしぐらに走っていけば、目をつむってたって辿り着く、そう信じて出発したことが何度かあった。

ところが、どうしてだかうまくいかない。川越街道を一歩たりとも踏み外してはないなはずなのに、いつの間にやら別の道路に振られている。きつねにつままれたみたいな気分で、しぶしぶ引き返す。

こんなことが何回か重なると、川越さんによっぽど嫌われてるんだ、と思いたくもなってくる。そのくせ気持ちはついあっち方面を向く。

車がいけないんだ、それならいっそ電車で行こうということになった。

どうあっても人々は喧騒のほうへと向かっていくものらしく、下り電車はガラガラで、吊り革をぶら下がり健康器の代わりにしてジャージ姿の太めのおじさんが、わき目もふらずぶら下がっては下り、ぶら下がっては下りるという動作を何度も繰り返したのち、今度は足を地につけたまま腰を前後にヒネヒネと動かす運動。

子供が吊り革を鉄棒代わりにして叱られるのをよく見かけるが、相手はおじさんで、しかも痛ましいほど真剣ときている。だからだれもなんにも言わない。のんびりとした各駅停車、窓の外は桜が満開、春爛漫。こんなのどかなお日和には、ひとのこころもひろがって、いつもより少しやさしくなるのかもしれない。

駅前の臨時観光案内所に立ち寄って地図をもらう。案内所の親切なおばさんが、おすすめコースに赤えんぴつで印をつけてくれる。特に桜が見頃という箇所には二重丸のおまけつき。

その地図片手に歩いていけば間違いなく目的地に着く。

先ずは星野山無量寿寺喜多院で、江戸城内から移築されたという家光誕生の間、春日局化粧の間などを見学ののち、境内の五百羅漢に会いにいく。

「ちょっと、この人、A君にそっくり」

「なんでここにだけ賽銭が、こんなに乗っかってるんだろう」

大体のひとがそんな勝手なおしゃべりをしながら、五百四十体もあるという、いちいちちがう表情をした石像を眺めて一巡り。

なかには二体がさしつさされつ酒を酌み交わしているのや、のどかにお茶など飲んでいるのもいる。なにがお気に召さないのか、相当怒ってるのもいる。顔を寄せ合ってひそひそ噂話をしているのなどもいて、なかなかおもしろい。

川越城本丸御殿をちらりと拝見してから、目指すは蔵の街。江戸の面影を留めた土蔵造りの商店が並ぶ街に入ったところで、先ずは昼食をとろうということになった。

並んで歩いていたはずの夫の姿がない。あたりを見回すと通りの反対側から手をふっている。どこへ行っても、そこそこ間違いない飲食店を見つける嗅覚にかけては右に出るものがないと自負する彼は、すでに何かを嗅ぎつけたらしい。

「えぷろん亭」

風情ある店構え、なかの感じも良さそうだ。客の入りも上々。メニュー、値段も合格。わたしがはぐれたわずか三分ほどの間にそれだけのチェックがすでに完了している。

店の名前からして、和洋どっちともつかない中途半端なものがでてくるのかとおいきや、これが大当たりだった。

「花月膳」なる、いかにも春めいた膳、見た目ばかりにとらわれて実が伴わないということの多いこの種の膳だが、蕗、筍、木の芽、よもぎなど、季節の素材の滋味を存分に生かし、上質なだしの香りもほんのりたって文句なしの仕上げ、すべてに細やかな神経が行き届いていて満点の昼食だった。

食後の散歩は先ず菓子屋横丁から。

せまい路地に駄菓子を売る店がびっしり並んでいる。駄菓子を見て機嫌のわるくなる人はまずいないだろう。老いも若きもみんなはしゃいで、どの顔もほころんでいる。

「ちょっと、お父さん、これ、よーく食べたよね」

「そう、紙芝居見ながらな」

「なつかしーい、見て見て、きなこ飴、これわたし大好きだったのよ」

「俺はこっちのほうが好きだったな、このニッキのやつ」

これらすべて熟年夫婦の会話。

駄菓子はそれぞれの子供時代の思い出につながるから、会話がかぎりなく、ふくらんでゆく。

ふくらむと言えば、われわれがそのユーモラスな感じに惹かれて買ってしまったのが、「ふくれせん」なる品物。すわりも悪いし、嵩ばかりはって置き場に困ったのか、運動会で玉入れにつかうような大きな籠に無造作に放り込んで売っている。

早いはなし、煎餅の裏と表をほとんどお別れ一歩手前、これ以上いくとパンクというところまでふくらませて、中をがらんどう状態にした、まるで出来のわるい石鹸箱みたいなすがたの菓子なのだ。食すればまずくもないけれど、とくに美味しくもない、それなのに一個食べおえると、また手がのびる。

ポンセン、こんぺいとう、かわり玉、みかん飴、触感が白墨に似ているバナナ、しそせんべい、きなこ棒、バクダン、たこせん、ねじり、みそぱん。

そして、ついに出ました、麩菓子の「ふーちゃん」。

そもそもこの麩なるもの、ラーメンや鍋焼きうどんのなかに浮かぶときだけが華という、あのナルト同様、いかなる主体性ももたない食材である。いくら黒砂糖だのはちみつだのという衣をまぶしたところで、麸であることにかわりない。このお菓子に限って、こうまで因縁をつけたくなるのは、わたしのあだ名がふーちゃんだから、という単純な理由によるものなのだが、麸菓子の「ふーちゃん」を見るたびに、この不甲斐なき食材と我が身が重なって、一種近親憎悪的感情が呼び覚まされるのだ。

ゆるせ、麸菓子のふーちゃんよ。君にはなんの罪もないのに。

どうしてこんな名前が生まれたのかな、と、いきさつをさぐってみたくなるような楽しいネーミング、たとえば、くず湯をくすーゆなんてわざわざのばしてみたり、カルメ焼きをカルメとちぢめたり、こんなのには大いに好奇心がわく。

駄菓子あるところにラムネあり、そうおもって見渡せばありました、ありました。

あわてて飲んでケポケポ言いながら、なかに残ったビー玉をしばらくうっとりと見つめていたっけ。あの深緑の半透明なビン、あんまりきれいでどうしても捨てられなかったな、そんなことを思いだしながら「ラ・ム・ネ」という字を口のなかで静かにころがしてみる。

するとし、ぴん、ぴん、ぴんと跳ねる小さな泡と一緒にいろんな景色が胸の奥からやってくる。

ラムネ、それにしてもこの名前、一体どこからきたのかしら、ときょう初めて疑問におもった。

もしかして英語のレモネード、またはフランス語のリモナードからきているのかもしれない、と思い当たって、早速、三省堂の新明解国語辞典を繙いてみた。やっぱりレモネードが語源らしい。

レモネードをラムネと名付けて売り出したひと、相当いいセンスをしているとおもう。どうしたってラムネはラムネ、レモネードやリモナードでは絶対にダメなのだ。

四百年前から時を知らせてきたという川越のシンボル「時の鐘」が三つ、時を打つころ、われわれは蔵づくりの家並みをのんびりぬけて帰路についた。

長いことおもいつめて、ようやくお目にかかった川越さんは、ちょっとレトロな味がして、色はほんのりラムネいろでありました。

風の町

どしゃ降りなどという言葉ではやさしすぎる。

雨はズボズボと地面を突き抜けるついでに、道行く人々を身体ごとさらってゆきそうな迫力で落ちてきていた。

「風の盆」

たんに、豊作をいのる村祭りにしては、あまりにも優雅で洗練された名前をもつこの祭りに心ひかれ、是非一度見たいとおもい始めたときから、わたしは写真やテレビ番組などを通じて、自分なりのイメージをふくらませていた。

町のそこここにしつらえられたぼんぼりに、うっすらと灯がともりはじめるころ、女たちは淡い色調の上品な浴衣に黒い帯を締め、深々と被った編み笠の隙間から白い顔をかすかに覗かせ、男たちは、きりりとしたはっぴ姿でどこからともなく静かに繰り出してきて、いつの間にか踊りの輪ができる。胡弓の透明な音色と哀調を帯びた唄声にのって、その輪はそよそよとどこへともなく流れてゆく。

ところが、わたしたちが訪れた日は、すさまじいばかりの悪天候だったから、いわゆる町流しと呼ばれるそんな風景は、残念ながらほとんど見ることはできなかった。

近年つとに有名になった富山県八尾市の「風の盆」には、三日間で二十万人以上の人が押し寄せるという。

その日も細い道という道は人でうめつくされ、傘がぶつかりあい、もつれあった。町流しが行われないとなると、それぞれの町内が工夫をこらして演技を競いあう競演会に行って踊りを見るほかに手はない。

きつい勾配の坂道を大勢のひとびとが、会場になっている小学校目指して昇ってゆく。「この大雨です。開演の七時までにやまない場合は中止とし、料金の払い戻しをさせていただくこともあります。予めご了承ください」

主催者がマイクでさかんに呼びかけているにもかかわらず、チケット売り場には、たくさんの人が列をつくっている。

雨がいくらか小降りになり、結局競演会は予定どおり行われることになった。

ぬかるみに足をとられながら集まってきたひとびとで、校庭はたちまち一杯になる。

ところが、意地悪いことに、いよいよ開演という七時になると、ふたたび雨は勢いを増し怒濤のように地上めがけて降りかかってきた。

はるか彼方からなんとか舞台を眺められるという位置ながら、かろうじて雨風から身をまもることのできる校舎の軒下に陣取っての見物になった。

山並みは黒々とした空にすっかり身を隠してしまって、輪郭さえ定かではない。その闇のなかに、ひとつだけほんのり灯った提灯のように舞台がとおく霞んで見える。会場のあちらこちらに点在する小さな光も、雨のなかでたよりなくゆれて、いまにも闇のなかに消え入ってしまいそうだった。

女性司会者のあいさつで会は始まった。町名、演出、囃子方、唄い方などが紹介され、踊り手たちがひとり、ふたり、さんにん、と次々に舞台に登場する。

男性の唄い手のまるで泣いているような切々とした高い唄声が、長く長く尾をひきながら、しーんとあたりにしみわたり、やがて周囲の山肌に吸い取られてゆく。

踊り手たちは一見、唄や囃子に合わせて踊っているようでもあり、またそれぞれが、それぞれの彼方を見据えながら、自分の世界に没頭しているようにも見える。

その姿はどこまで行っても行き着くところのない、果てしない世界にむかって宙を舞う、幻の鳥のように、はかなげで、健気で、どこか物悲しい。

八尾は夫の祖母の生まれ故郷である。

大きな麹問屋のひとり娘だった彼女の生家はいまはないが、生まれ育ったこの町をぬけだし、単身東京に出て東洋英和で英語を学んだそのひとから、夫は何故か溺愛され、文学の道を選んだのも彼女の影響だったという。

飛騨山系の稜線に縁取られ、その山懐に身をかくすようにひっそりと沈んでいる、この小さな町から東京に出ていく。それが明治という時代に、どれほど勇気のいることだったか、ここに来てみて改めて感じないではいられなかった。

後に彼女が嫁いだ吉川家という地主の家が義母の実家だが、そこでわたしもそのおばあちゃまに何回か会ったことがある。なんの先入観もない真っ直ぐな眼差しで人を見る、とても素敵な女性だった。

そんな彼女は「風の盆」をひどく嫌っていて、この祭りには、もっぱら母親に連れられて来たと夫は言う。

この世ならぬ幻想の世界ともうつる舞い踊りを、わたしたち一介の旅びとは、哀愁などという甘ったるいオブラートにつつんでなつかしがったり、唄や胡弓の音色に自分の勝手な想いを被せて酔いしれ、はしなくも涙ぐんだり、祭りとしてはたしかに申し分ないほど情感あふるるものにはちがいないが、だが待てよ、とわたしはふと考えてしまった。

会場入り口で求めた一枚四百円のビニール製合羽からしたたり落ちる雨の雫と、うっすらと目元に滲みかけていた涙を同時に拭いながら。

もし、わたしがこの町に生まれたとしたらどうだろう。

各町内、選りすぐりの踊り手や囃子方を出すことに総力をあげているという。各家から最低ひとりは祭りに参加しないではすまされまい。この祭りには、他県に嫁いだもの、よそに働きに出ているものも戻ってきてこぞって参加する、そう司会者は説明していた。それぐらい大切な行事なのだ。

「ちょっと、わたしは遠慮します。え、どうしてって？　唄も踊りもきらいだからです」

そんな大胆なことがなんで言えるだろうか。

前の日、町を下見するために訪れたとき、ほとんどの商店は店を閉め、祭りの準備に余念がなかった。

どの家もガラスを丹念に磨き上げ、天井の煤払いをし、客を迎える膳などの支度にあわただしく走り回っていた。ほとんどお正月、ことによったらもっと重要な行事であるはずの「風の盆」だ。わたしは嫌いです。なんて、この町に生まれた人間なら言えるはずがないではないか。

好きでもない踊りを好きなふりをして踊るなどということは、どうしてもできなかったにちがいない夫の祖母が、この狭い町から、そしてこの町が育んだ「風の盆」という祭りから、できるだけ遠いところへ自分を放ちたいと願ったと考えれば、それもわからないではない。いずれにしても本当のことは当の本人が亡くなってしまった今となっては知る由もないのだが。

「雨が強くなってまいりました。皆様には大変ご不自由をおかけしていますが、このままつづけさせていただきます。したがって、料金の払い戻しはございません」

中盤にさしかかったころ、司会の女性が舞台の上で何度も念を押す。

山峡の静かな町は、いま好むと好まざるにかかわらず、「風の盆」人気で活気づいていることだけはたしかだった。

この祭りは八尾の人間が大事に育んできたものです、そう唱ってはいても、外から押し寄せる人たちを拒むわけにはゆかない。

そんな観光客の襲来が、なによりも美意識を大切におもう、誇り高いこの土地の人のこころを、少しずつ、少しずつ変えてゆくのかとおもうと複雑な気持ちにさせられる。

日本の道百選にも選ばれたという、落ちついた佇まいの諏訪町の古い街並みをそぞろ歩いていたとき、玄関の前の手桶から水を汲み、小さな花瓶になにげない普段花を生けている女性を見かけた。そんな、さりげない日常のひとこまが、祭りにわく町のなかで、ひときわこころにのこった。

小股の切れあがった、

小股の切れあがった、とくれば、いい女とつづくに決まっている。

ところが、この小股の切れあがったいい女、わたしの頭のなかには、しばしばかなりはっきりとした姿かたちを持って立ち現れるのだが、実際、じゃどういう女なのかと聞かれれば、はたと考え込んでしまう。

とにかく一本、筋の通ったものを体の真ん中にどーんと据えて、なにがあってもそれだけは手放すことがない。

「だれがなんと言ったってわたしはこれだ」

わざわざ啖呵をきってみせるわけではないのに、芯にある、しっかりとしたものに気押されて、相手は知らず知らず一歩譲ってしまう。

ごてごてとした派手な身なりや贅沢は極力避けるが、身の回り一切合切には人一倍気を配る。たとえば垢じみた半襟、汚れた足袋裏、玄関の格子の煤け、夏をこしてもぶら下がりっぱなしの、くたびれ果てた簾。細かいことを言えばキリがないが、そういっただらしのない暮らしぶりをなによりも嫌う。

家の手入れ、とくに玄関先には格別の注意をはらい、常にきれいに履き清め、夏には打ち水などして客人に涼を振る舞う。

年季のはいった廊下は黒光りするほどに磨きあげ、そこまで見れば奥向きの暮らしのゆかしさは、言わずと知れようというものだ。

と、書いたところで、わたしは一体なにを言おうとしてたんだっけ、と首を傾げてしまった。

そうそう、先日高山の旧市街を歩いているとき、ふとそんな女を連想してしまったのだった。

ほんの数時間、それも町のさわりの部分を斜めに見たにすぎない旅人が、土地の印象を語ろうなんておこがましいのは承知のうえだが、身繕い、物言い、礼節をわきまえた振る舞い。すべてにおして申し分のない、小股のきれあがったいい女に久方ぶりに巡り合ったような、誠に後味のよい町との出会いだった。

朱色の欄干が川筋の緑に見事に映える中橋をわたって、二筋目を左手に折れると上三之町。狭い道筋の両側に軒をつらねる美しい家並みは長い時間をかけて、根気よく炊きあげた煮豆のようにほっこり温かな黒につつまれていた。

匠の技がそこここに光る切妻造りの町家の裏側で、平凡な暮らしが繰り返されていることさえ忘れて、映画のセットのなかでも歩いているような、非日常的なときめきにしばし浸った。

旧市街の主要な通り、上三之町、上二之町、神明四丁目と呼ばれるあたりは重要伝統的建造物保存地区という、舌をかみそうな難しいものに指定されているというから、住んでいる方の気苦労も並大抵ではないだろうが、どの家もどの家もきちんと襟を正して整然と居並ぶ様には、猛暑をも寄せつけぬ威厳が感じられた。

家々の軒下まで蔓をのばす朝顔の清楚な花の青が、黒い町並みにしっくり似合っているのも心憎い。

個人的な趣味の問題で恐縮ながら、わたしは朝顔という花がどうも好きになれない。

ところが天に向かってつん、と顔をつきだすようにして力強く咲きそろう、気品にみちたこの花には思わず一目惚れしてしまった。

どうしても気になって、これを書くにあたり高山の観光事務所に電話でその名をお尋ねしたぐらいだ。

「九月の初旬に東京から来っていうお客さんが、あの青い朝顔の名前はなんて言うのか知りたいって、電話かけてきてるんだけどね」

応対に出た男性が同僚の女性に聞いている。

「お待たせしました。ヘヴンリー・ブルーというんだそうですよ」

正式な名前かどうかはよくわからないけれど、と言いながら教えてくださった。とにかく普段わたしが見慣れている朝顔とは、品種を異にしていることだけはたしかだった。

ヘヴンリー・ブルー、天上の青。そう呼ばれるにふさわしい清しい色がいまも瞳の奥にやきついている。

上三之町の一筋向こうが上二之町、その中程にある「平田記念館」に入ってみた。鬢付け油とろうそくを手広く商っていたという平田家の屋敷をそっくり記念館にしたものだ。「ごめんください」と、暖簾をわけてなかにはいれば右手奥の帳場から、襟に「平田屋」の文字を染め抜いた半纏を着た品のいい番頭さんが、そろばんをはじく手を休めて、「いらっしゃいまし」

と、愛想よく声をかけてくれてもおかしくないような、往時の雰囲気が、そこには、そっくりのこっていた。

母屋の中心部分に「おいえ」、「だいどころ」などと言われるものを配し、どうしても暗くなりがちなその部分は吹き抜けにして天井から光を採ったり、囲炉裏の煙を逃したりと賢い暮らしの知恵も見られる。

各部屋には、ろうを絞るためにつかわれた道具類、鬢付け油の材料、歴代の当主の収蔵品であろう書画骨董、古陶器、それに女子供の衣服や装飾品等々が展示されていた。

とくに興味をそそられたのは、おびただしい玩具や画材、楽器、蓄音機、人形の類。

鬢付け油も、ろうそくも時代の流れとともに当然需要が減っていったはずだから、この家がそれらの品で繁栄をきわめたのは、せいぜい明治のころまでだろうが、当時はおそらく手に入れることがむずかしかったであろうセルロイドやブリキでできた西洋の玩具など、珍しい品々がひしめく展示ケースからは、新しいものがでるといちはやく子供たちに買い与えた裕福な商家の暮らしが透けてくるようだった。

味噌屋さんや酒屋さんなど、見たところ商家の造りはどこもおおむね同じようだが、休憩のため立ち寄った喫茶店は、店の半分を畳の間に、半分を椅子席にして、吹き抜けの伝統を上手に生かして見事な改装がなされていた。

その喫茶店の座敷に若い女の子ふたりがジーンズの膝を折ってかしこまり、

「ねー、ねー、どうやってお茶碗回すんだったけ？」

「そんなの自由よ、お菓子を先に食べるとかいうけど、それもどっちでもいいんじゃないの」

などと、ぶつぶつ言い合いながら抹茶をすすっているかと思えば、同窓生らしい年輩男性の四人組が狭いテーブル席を窮屈そうに囲んで、そろいもそろってかき氷を注文し、たっぷりかかった赤や黄色や緑のシロップを見て子供のような歓声をあげていたりしている。

そんな情景をぼんやり眺めながら過ごすのも、旅の楽しみのひとつである。

「風の盆」見物のついでに富山から高山線に乗ってぶらりと立ち寄る。わたしにとって高山への旅はほんのオマケみたいな意味合いのものでしかなかった。

ところが、どうしてこのオマケ、わたしにとっては本編をしのぐほどの魅力に満ちたものとなった。

末筆ながら高山線での汽車の旅が、これまたなかなかよかったことも付け加えておきたい。

ひょいと手をのばせば届きそうなほど間近に迫る山の緑。はるか彼方に鮎釣りをするひとの姿が見える澄んだいくつもの渓流。そんな自然のなかに遠慮がちに分け入って走る列車の控えめなやさしさがまたよろしい。列車のやり過ごす小さな駅の名も目がきちんと読み取れる程の速さもここちよい。

夏草にかくれるようにひっそりと佇むひなびた駅を見ていると、ふらっ、と降り立ってみたい気分になる。いつか本当にそんな旅がしてみたい。

賢治のふるさと

花巻の空は、雨がほんのそこまでやってきていて灰色一色だったので、わたしはなんだかほっとした。

着いたその日は賢治ゆかりの地をひとわたり訪れ、翌日は遠野まで足をのばそうという、ただでもあわただしい旅なのだ。

もしも空が晴れていたら、せっかちなわたしのことだ、すぐにでもコバルト硝子の光の粉や金粉を盛大に撒いたり、琥珀の波のようにキラキラと輝やくお日さまに目をこらしてみなくては気がすまなかったろうし、空一面を沢山の雲が覆っていればいたで、リチウムの紅い焰をあげて走り出すサレブレットのような雲や、たよりないカルボン酸の雲だのをさがしてみずにはいられなかったろうから。

初めて降り立った花巻は、駅前のあたりもこざっぱりと片づき、たいへん物静かな佇まいの街で、高い建物がないせいか空がずいぶんとひろく感じられ、空気はしーんと澄んでいて、薄い木綿の服がたよりなくおもわれるほどだった。

観光案内所に入っていくと、小さなボストンバックをひとつ持った初老の男性が、

「あのー、宮沢賢治に関係のある場所をまわりたいんですがね」

小さな、ちょっと恥ずかしそうな声で話している。案内所の女性が、時間があまりないというその男性に、バスの便がわるいから、とタクシーでまわることをすすめていた。

その説明を聞いて、わたしの場合もそのほうが良さそうだな、と花巻の案内図だけもらって宿に向かい、荷物をおくと早速タクシーを呼んでもらった。

やってきたタクシーの運転手さんは、大きなお子さんが二人もいるという肝っ玉母さんで、

「わたしのようなもんの説明じゃ役にたたないでしょう、もっと勉強すればいいんだけど」

盛んに恐縮しながらも、いろいろ説明してくれるので有り難い。とにかく運転がうまくてもの凄いスピードで移動する。ちょっとした渋滞なんかは、狭い脇道に入ってなんなく避けるし、工事中の道に入り込んだらバックして切り返すしと、

実に威勢がいい。

歩いて移動するときも、まるで脱兎か猪のように髪の毛を逆立ててずんずん突き進む。「このへんはさっさと抜けないと、知り合いが多くて。つかまるとお茶っこによばれちゃうから」

などと言いながら小走りにゆく。お蔭で花巻における賢治の足取りは短い時間であらかたつかめてしまった。

賢治の生家をとおって、ぎんどろ公園へ。

賢治が好きだったというぎんどろの木、ちょっと凄味のきいた目つきでギョロリとこちらを睨み付けている、さぞかし、いかめしいご面相だろうと想像していがのだが、おおちがい。

こまかな葉の隙間を風が過ぎる度に、葉裏の白と表の緑がさやさやと混じり合い、つつましくゆれる、とても繊細でやさしげな木だった。

急がされるままに動いているうち、いつの間にやら賢治のお墓の前に立っていて、気がつけば手にお線香をもたされ、結局お参りまで済ませてしまった。

「お初にお目にかかります。わたくし関東は東京からはるばるまいりました。はるばると申しましても今や、新幹線でほんのひとっとびのことですから、どうぞご案じくださいませんよう。わたくし小学校のころよりお作品を読ませていただいております。未だに難しすぎてわからないものがほとんどですが、好きなものはくり返しくり返し、もう擦り切れるぐらい読みました。そんなわけで、なんだか一度ご挨拶に伺わなくては義理がすまないというような思いに、ずいぶんと前から、かられておりまして、とうとうこうしてやってきたような次第です。何とぞ、今後とも末永くよろしくお願いいたします」

てなことを、もちろん黙ってつぶやきながら手を合わせたところで、またまた運転手さんに急かされて詩碑へと向かう。

高村光太郎の筆による「雨ニモマケズ」の碑は、東に早池峰山、眼下に緑豊かな田園風景、四方八方をそれはそれは見事な眺望に囲まれた贅沢な高台にあり、いまは農学校のほうに移築されているが、以前はこの場所に賢治の祖父が建てた、当時としたらかなりハイカラな出来具合の別荘（羅須地人協会）があって、そこに住んで賢治は「雨ニモマケズ」を地でいく、極端に切り詰めた暮らしと、厳しい農作業を自分に課していたという。

典型的な菜食主義者だったのだから、玄米と味噌と野菜しか食べないのは頷けるとしても、玄米を一日にひとりで四合というのはかなりな量ではないか、などと余計なことを考えたことがあった。たしか中学生のころだったとおもう。

賢治の記念館では女子校の修学旅行とおもわれるグループといっしょになった。四十代ぐらいの男の先生が宮沢賢治について熱心に説明している。

「宮沢賢治という人はな、単なる詩人、童話作家というだけでなく化学、地質学、天文学、生物学、農学、宗教、それに加えてエスペラント語や英語、ドイツ語にも通じている幅広い教養の持ち主だったんだな」

先生の周囲を囲んでいる女子生徒たち、

「スゴーイ!」

「カッコイイ!」を連発。

展示品を見ながらも、

「超天才だよね」

「でも、字は下手だよ。ほらほら、小学生の字みたい、なんかカワイー」

などと、今時のひとらしいストレートな感想を述べている。

ひとしきり見おわった生徒たちが、

「これじゃ勉強の延長って感じだよねー、あーあ、なんで沖縄からいきなり東北なの」。玄関わきにへたり込んで嘆きあっている。

彼女たちの学校の修学旅行、去年まで沖縄だったらしい。

山の中腹を利用して建てたこの記念館の脇を、人工的な滝が流れているのだが、そこに一羽のカラスがやってきてパシャパシャと水浴びをし、丁寧に羽繕いしてから空高く舞い上がっていった。その姿を「夜だかの星」の夜だかにかさね合わせたりして、いつまでも見送っている自分と、彼女たちとのギャップがなんともいえずおかしかった。

賢治が「イギリス海岸」と名付け、農学校の生徒たちを連れて、よく散歩したという北上川の川べりも、それこそ大急ぎ足で歩いたが、あちこちに出来たダムから流出する水や雪解け水で水量がまし、白い泥岩もすっかりかくれて、彼がドーバー海峡に見立てたころの面影はなかった。

それでも銀河鉄道の夜には、「プリオシン海岸」と名をかえて登場するこの河原に立っていれば、そのうちどこからともなく、物語の囁きぐらいは聞こえてくるかもしれない、そんなわたしの子供じみた思いを知ってか、運転手さんはひどく恐縮したような声で言った。

「それでは、そろそろ行きましょうか。今からでは羅須地人協会も無理ですね、残念ながら次回ということで」

その夜、一晩中はげしく降り続いた雨も翌朝にはなんとかあがり、つめたい霧がかかってはいたが、遠野に発つ前に、どうしても、羅須地人協会を見ておきたくて駅前からバスに乗った。

花巻空港近くに移転した農学校の緑のなかに、移築された賢治のその家は、清々しいような姿で建っていた。

わたしのほかにもう一人、三十代ぐらいの、ひっそりとした感じの女性がきていた。

だれにも邪魔されたくない。そんな雰囲気を漂わせていたので、わたしはあえて彼女に話しかけなかった。

同じ男性を愛してしまった女同志が、今は亡きひとをしのびつつ、一つ屋根の下にいるみたいな奇妙な空気がながれていた。お互いできるだけかち合わないように、家のなかをそろり、そろりと見て歩いた。

最後に玄関で顔を合わせたとき、彼女はちょうど、賢治が、寒さにふるえていた生徒の肩に自らやさしく着せかけてやったという、黒いマントを写真に撮っているところだった。椅子テーブルやオルガンなどとちがって、衣服には、どこか生々しい感じがある。彼女はわたしと目が合うと、ちょっと間がわるそうに笑って、大急ぎでカメラをしまった。

帰りのバスを一台やり過ごし、国道四号線沿いを歩いているうちに、思いがけず静かな遊歩道をみつけた。

車の音や飛行機の爆音こそかすかに届くけれど、そこだけ別世界のような森のきれはしがひろがっていて、カッコウが鳴き、蛙が歌い、シロツメクサやアカツメクサの灯が灯り、木々がざわめき、草の白っぽい穂先がか細くゆれ、おまけにほんのわずかな雲の切れ間から、びっくりするほど鮮やかなコバルトの空まで顔を出すものだから、いよいよ賢治の気配を感じないではいられなかった。

モンマルトル、柳小路

「ようやくパリの生活にもなれました。われわれのアパートがある場所は、東京でいえば浅草界隈といったところでしょうか。

通りの名は柳通り、柳小路といったほうがいいかな。

この通りを真っ直ぐのぼっていくと、あのラパン・アジルが、そして、さらに上をめざせば、サクレ・クール寺院がみえてきます。

いってみれば浅草寺を遊び場にして日々暮らしているような環境です。かの有名なムーラン・ルージュも、ほんのすぐそこ、という距離にあるんですよ。

そのあたりは、ちょっといかがわしげなのに、のぞいてみたくて仕方がない見世物小屋や、お腹をこわすからやめなさい、と言われれば言われるほど飲んでみたくなる、どぎつい色をした飲み物のように、こころを浮き立たせる、けばけばしいほどの華やぎにみちています。

われわれのアパートに話をもどしますが、ここには、こんな狭いところに、よくもよくもという見事さで、必要なものすべてが詰め込まれています。

いちばん傑作なのは洗面所兼、シャワールーム兼、トイレ兼、物干し場です。タタミ一畳もないスペースの右手にはこのうえなく細長い洗面台。その横にトイレ、といっても、白く清潔な陶器の床の真ん中に、なだらかな下降線を描く溝を掘り、その行く手に神聖なる穴をあけただけの、いたってシンプルにして合理的な形態のもので、備えつけのスノコをかぶせれば、たちまちシャワールームに変身する仕掛けです。

シャワーを浴びる頻度はそのまま、トイレ掃除の減少にむすびつく寸法です。不都合なことといえば、ひとりがシャワーを浴びている最中に、もうひとりが自然の欲求をおぼえる事態がおきることぐらいです。

なおも感心したのが、一本のヒモを操るだけでスルスルと天井からおりてくる物干し。

そこに洗濯ものをひっかけ、ふたたびヒモで天井につりあげさえすれば、天窓からはいる風と光と乾燥した空気のおかげで、夕方までにはすっかり乾いているというシステムです。

狭い台所にもなんの不足も感じません。

壁という壁に備えつけられた戸棚には、趣味が悪い、とまではいいきれない食器類や、鍋かまが一応そろっていますし、ガスレンジ、オーブンも小柄ながら申し分なく、流しの下には小さな冷蔵ボックスまではめこまれています。調理台脇にある引き出しの一番上の段は、ふたりで朝食ぐらいはとれる、折り畳み式のミニテーブルになっています（わたしはそれを、たびたび調理台として重宝に使っていますが）。

キッチンの窓からは、隣近所の料理の匂いや食器のぶつかりあう音、窓越しに話すひとの声などがまいこんできて、そんな時、ああ、パリの下町にいるんだな、としみじみおもえてくるのです。」

三十年近くも前、パリに着いて間もないころ、わたしが家族や親しい友人に宛てた手紙は、暮らしの一部始終をだらだらと綴った、とてつもなく長いもので、ここには、とうていおさまりきらない。

自分がいいと思ったものは、相手にもいいと思ってもらいたい気持ちが、つんのめるようにあふれてきて一気にしゃべる、子供のときからのクセだ。

急いで伝えないと自分の感動もうすれ、相手にそれを伝達する情熱も失せてしまうのではと恐れる気持ちが、そうさせるのだが、聞いているほうは、まったくたまったものではなかったろう。

だが、その、びっくり箱のような住まいにわれわれが住んだのは、三ヵ月にも満たない短い期間だった。

ある日、コンシエルジュ（管理人）のおばさんが、耳寄りな話があるといって訪ねてきた。

一階（日本流にいえば二階）に、もっと広くて立派な部屋が空いたから、引っ越す気はないかというのだ。

そこの持ち主である、マダム（名前は忘れたが、たしか物がはじけ飛ぶような語感だったようにおもう。仮にマダム・パッカンとしておこう）管理人によれば、マダム・パッカンはとてもお金持ちなのに、とてもいい人なのだという。

パッカンさんの所有するそのアパートは、びっくり箱より百フラン家賃が高いけれど、大変なお値打ちものだとの説得に負けて見にいくと、なるほど広々として、趣味もよく、収納スペースや仕事用のデスクに、天才的といっていいほどの工夫がみられ、通りに面していて日当たりも良好。百フラン上乗せしても惜しくない物件と、早速決めた。

引っ越しといってもトランクが二個と、なにがしかの本があるだけの所帯だから、三十分ですべて完了という身軽さだった。

あらたな隣人は、年若いハンサムな青年で、彼は鍵を部屋においたままドアを閉める失敗を年中やらかし、その度に我が家を素通りし、手すりを伝って自分の家にもどっていく。窓をよじ昇るのに邪魔だと、きれいに磨いたブーツを我が家にのこして窓の外に消え、しばらくすると、

「たびたびどうも」

と、照れ笑いをうかべながら靴を引き取りにくる。

ざっと見積もって十人はくだらないガールフレンドがいる、モテモテのスパイダーマン氏のことを、コンシエルジュは、

「どうしようもない女たらし！」

と、いまいましげに呼んだが、なぜか憎めない人懐っこさがあった。

われわれのすぐ上の住人は若い女性で、その頃流行ったショートパンツにブーツ、床すれすれの丈のコートという出で立ちで、いつも鼻唄を歌いながら階段をおりてきた。

ボンジュールのジュールの部分に、春風をふくませたような、まろやかな甘さ

がこもり、彼女が通りすぎたあとには、濃い香りがたなびいた。

ある寒い夜のこと、ご近所のH先生をお訪ねした帰り道だった。歓楽街として名高いピガールの街角に立っている彼女をみかけた。驚いたわたしが夫の腕をつつくと、彼は気づかない振りをして通りすぎるのが人情だと言う。

ところが、彼女のほうから声をかけてきた。「ボン」と一度、音を短く切って、「ソワール」のあたりに思いっきりあたたかな春風をふくませた声だった。

相変わらずショートパンツにブーツ、前開きに羽織ったコート姿で立っている彼女には、春をひさぐ、などという暗さは微塵もなく、どこかカラッとした潔さがあった。

建物の地下は、小さな演劇学校になっていて、そこの校長がいつもちがった若い女の子と腕を組んでは地上に現れる。多分彼女たちは女優の卵なのだろうが、「なにを教えてるんだか、わかったもんじゃない！」

コンシエルジュが地面に叩きつけるように言っているのを聞いたことがある。

コンシエルジュという言葉を辞書で引くと、おしゃべりで噂好きといった人のことを、まるでコンシエルジュのような人、と言うらしいが、われらがコンシエルジュを見ていると、なんとなくわかる気がした。

ある日、わたしを手招きして彼女はこう囁いた。

「お宅のダンナ、きょうも角のキャフェでビリヤードしてたわよ」

その言葉のなかには、

「あんたもあんなグータラな亭主もって苦労するね」

と、いう同情のニュアンスがまじっていた。

フランス政府から受け取る給費のすべてを家賃に吸い取られ、研究の合間に、翻訳や通訳で生活費を稼いでいるのに、家にいることが多いというだけで、夫はわたしのヒモだと決めつけられてしまったのだ。

わたしのほうは、学校との両立をゆるしてくださる恵まれた仕事を得て、毎日、決まった時間に出かけ、夕方帰るという暮らしだったことから、そんな誤解を招いたらしいのだが、気の毒なのは収入面では、こちらより、はるかに優位な夫が、女房を働かせて自分は、昼日中からキャフェでワインを飲みながら、本日の定食なんてーもんをのんびり食べ、その上ビリヤードにウツツをぬかしている、とんでもない男だと思われてしまったことだ。

モンマルトルは起伏に富んだ、それ故に絵画的な素晴らしい街だが、どこかしら最盛期をとうに過ぎてしまった舞台女優のような悲しい静けさが、いつも靄のように漂っていた。

まだ若かったわれわれの気持ちが、次第にセーヌのあちら側、左岸の活気を求めて動いていったのも、街全体を覆う、あの空気のせいだったのかもしれない。

そのくせ、今はどこよりも懐かしく、パリを訪れる度に、あのアパートの所在を確かめに行く。コンシエルジュが去り、オートロックになっていることのほか、何ひとつ変わっていない。

ユルム街三十一番地（一）

カルティエ・ラタンにそびえるパンテオン（フランスの偉人たちを合祀する霊廟）を正面からにらんで、丁度横っ腹のあたりを右に折れる通りがユルム街。パリでもとりわけ思い出ぶかい道である。

わたしが初めてパリの地を踏んだのは一九七〇年、オルリー空港からパリに向かう道筋を、レンギョウの黄色い花が覆い尽くす、うつくしい春の日だった。

フランス政府の給費留学生として、わたしより半年ばかりはやく日本を発った夫が当時住んでいたのは、ロマン・ロラン、サルトル、ポンピドゥー元大統領等々、極めつけのエリートを輩出していることで名高いユルム街四十五番地、エコール・ノルマル・シューペリユールの寮だった。

いわば外国からの客人である留学生にも、本国の金の卵君たちとまったく同等の、こころおきなく勉学に勤しむにふさわしい、理想的な環境が与えられていることは、夫が事細かく手紙に書いてきていたから、初めてそこを訪れたときも見知らぬ場所に来たというおもいはまるでなかった。

「エコール・ノルマル・シューペリュールのつい目と鼻の先に、エコール・ナショナル・シューペリュール・デ・ザール・デコラティフ（国立高等装飾美術学校）というのがある。折角二年間フランスにいられるのだからそこに行ってみたらどうだろうか」

　手紙で夫が勧めてくれた。

　もう一度なにかを本気で学びなおしたい、そう考えはじめていたわたしは即座に決めた。よし、そのエコールなんとかいう、夫の学校のお隣さんに通ってみようじゃないか、と。

「それにしてもあの時、もし僕がいなかったら、あんたは自分で自分のチャンスをつぶしていたんだからね」

　いまでも夫が事あるごとに言うのは、編入学の願書を出しに行った日のことだ。

　持ち時間は二年。予定通り卒業して帰国するためには、なんとしてでも三学年にすべりこまなくてはならない、なんでああまで思いつめていたものか、今考えれば笑ってしまうが、あの時のわたしは並々ならぬ決意を、重たいパネル張りの作品と共に肩にひっ担いで、その国立装飾美術学校の事務室に乗り込んで行ったのだ。

デザイン科の三学年に編入を希望している旨を伝えると、四十がらみの眼鏡をかけた事務員はわたしの手渡した書類一式を表情ひとつ変えずだまって受け取り、それをカウンターの上にひろげた後、

「作品は？」

と、ぶっきらぼうに尋ねた。

わたしは足元に置いた布袋からパネルを取り出し彼女の目の前に積み上げた。彼女の口から信じられない一言がもれたのはその直後のことだ。

「ゼロ！」

「え？　今なんておっしゃったの？」

「ゼロって言ったのよ」

その瞬間、この学校とわたしをつないでいた細い糸がブッツン、と鈍い音をたてて切れ、頭のなかが真っ白けになった。

そのうちに、

「こんな失礼千万なひとのいる学校に頼まれたって入ってやるものか」

と、いう激しい怒りがこみあげてきて、気がついたときには荷物をからげて一目散に真っ昼間のユルム街に飛び出していたのだ。

事務員がなにやらまくしたてる声、それにかぶさる夫の声を背に受けながら。

「なにをカッカきてるんだ、戻ってもう一度説明を聞いたらどうだ」

追っかけてきた夫に散々なだめられ、わたしはしぶしぶさっきの事務員のところに引き返した。

「わたしが言ったのは、なにもあなたの作品の質のことではないのよ、量よ。ちょっとついてきて」

そう言うと彼女はわたしを事務所裏の倉庫のような場所に、引っぱっていった。

「あなたと同じように入学を希望している人達の作品よ。例えばここからここまでが、一人の人の作品だと知ったら、さっきわたしが言おうとしたことが理解できるでしょ。わたしは単なる事務員で、教授じゃないんだからあなたの作品の良し悪しについてはまったくわからないし、審査する資格もないのよ。ただ提出作品が六点というのは問題外、ゼロに等しい、審査の対象にもならないということを説明しようとしたの。そうしたらあなたはもう飛び出していたってわけ。まだ締め切りまで三週間もあるんだから、新たに作品をつくって加えるか、日本に電話してありったけのものを送ってもらうかしたほうがいいと思うけど」

彼女の忠告に従って、早速日本に電話をかけ、残してきた作品、石膏デッサンでも、スケッチでも、なんでもかんでも目につくかぎりのものを、洗いざらい速達で送ってくれるようたのんだ。

その結果、なんとか締め切りに間に合い、待望の合格通知を受け取ることができたのも、ひとえにあの事務員さんの忠告と、夫のとりなしのお蔭だったことは、拭いようもない事実である。

むやみやたらな韋駄天走りと早トチリによる失敗は、自慢じゃないけど星の数ほどあるこのわたしだが、あの日のことをおもうと今でも冷や汗がでる。

こうして、わたしはユルム街四十五番地にある夫の学校から歩いて二分、三十一番地の学校の学生になり、そこを中心に青春の仕切りなおしといった日々を送ることになる。

ユルム街には、ぎゅうぎゅう詰めのお弁当箱のように、あまりにもたくさんの思い出がつまりすぎていて、なにから食べていいか迷うほどだが、大好きな甘い卵焼きは後の楽しみにとっておいて、先ずはとびっきり辛い明太子あたりから攻めていこうかとおもう。辛口の思い出でもっとも印象にのこっているのは主任教授、マダム・イリーヴの身もすくむような授業のことだ。

与えられたテーマに従って各自準備したエスキースを机に並べて彼女の点検を待つ。彼女の許可がおりない限り制作にとりかかる権利は絶対に得られないのだ。

マダム・イリーヴのお眼鏡にかなったものが机の右側に、箸にも棒にもひっかからないものが左側に置かれる。合格点をとったものについてのみ、

「わたしはこれが好きです」

「気に入りました」

「悪くないわ」

などと、ごく短いコメントを述べるほかは、終始無言だった。

骨太の頑丈な体つき、相手を射すくめるような強い視線、強固な意志を表す口許。それだけでも人を威圧するのに十分だったが、なによりもわれわれを怖がらせたのは、彼女のその寡黙さだった。

最初の授業のことは、いまでも時折思い出す。

いよいよわたしの机の前にやってきた彼女は、数十枚にも及ぶエスキースを一瞥すると、なんのためらいもなくすべてを左方向に押しやった。呆然としているわたしに一言。

「どのエスキースにも発展性が感じられません」。

彼女の許可を得て制作にとりかかる人達の真ん中で、ふたたびエスキースに逆戻りするみじめさといったらなかった。いよいよ時間切れというとき、最後のエスキースをひねりあげて屑籠に放り込もうとするわたしの手を、マダムイリーヴのいかつい手が制した。

「いいわ、このアイディアを発展させて」

最後のクチャクチャの紙切れだけが、辛うじて日の目をみたことになる。

ユルム街三十一番地（二）

一旦これだ、と狙いを定めると、わたしは考えるよりも先に走り出す。ところがどうも不測の事態を想定して万全を期すという周到さに欠けているらしい。たとえばあらぬ方向から突然ボールが飛んできたとする、横から、斜めから、あるいは後ろから。

そうなるともうお手上げ、すんなりギヴ・アップ、見逃しの三振というわけだ。あとはいやに諦めがいい。

そこに至るまで、まるで吐かずに溜め込んだ息という息を眉間のあたりに集めるようにして、大事に積み上げてきたものを、いともあっさり地べたに投げ出し、さっさとベンチに引き上げてしまいそうになる。

エコール・ナショナル・シュペリュール・デ・ザール・デコラティフ（通称アール・デコ）の卒業審査のとき、わたしはまさしくそんな状況にいた。

アール・デコの卒業試験は二日間にわたって行われた。

ケント紙と厚手のトレッシングペーパーがそれぞれ十枚ずつ、ポスターカラー、鉛筆など、持ち込みをゆるされたわずかな画材を手にして八時半きっかりに教室に入る。そこで初めてテーマをきかされ、制作の手順が説明される。

われわれにあのとき与えられた課題は、敷地内にキャフェテリアを有するガソリンスタンド全般のデザインというものだった。

まずどんな場所に建つスタンドなのか、そしてそれを実際にデザインする立場の人間として、とくにそのスタンドに盛り込みたい要素はなにかといったことについて簡単な作文を書く。それに、スタンドとそれを取り巻く環境のラフスケッチ、オイル会社のシンボルマーク、キャフェテリアのカーテン、壁紙、絨毯、従業員の制服等々のデザインというようなものだったとおもう。

求められた条件を満たしていれば、いかなる表現方法を用いてもかまわない、独創的なデザインを期待する。そう試験官が言いおわるが早いか、みんな一斉に作業に取りかかる。

仕事が早くおまけに丁寧と定評があったエディット、新鮮な着想でいつもわれわれを驚ろかせたマルク、複雑な複雑な精神構造をしていて、そのこんがらかりそうな内面からゾクッ、とするほど細密な絵を紡ぎだすフレデリック、思い切りのいい線と明るい色彩を自由自在に駆使するマチルダ、とくに親しかったグループの仲間たちも黙々と筆を走らせていた。

その音をききながら、焦りは禁物、とわたしはよくよく自分に言い聞かせて、先ずは目を閉じ、ゆっくり深呼吸をしてみた。

最初に色彩、鮮やかな赤と緑が、そして形、楕円が浮かんできた。

わたしのガソリンスタンドは、日本の、どことは特定できないが、古い街並みがのこる地方都市の静かな街道筋にあり、周囲をうつくしい緑に囲まれていて、運転に疲れたドライヴァーが、あたりの自然にひとときを目をやすませながら、ゆっくりお茶を飲めるスペースを有するという設定だった。

外国に住んでいると、何故か実際にはあり得ないような誇張された祖国の姿がしばしば思い起こされるのだが、そのときわたしの頭に浮かんでいたのは、まさしくそんな日本の風景だった。

繭をおもわせる楕円のなかに、わたしが想定したジャパン・オイルという社名の頭文字、JとOが、ほんのわずかな白い隙間をのこしてきっちりとおさまるようなシンボルマークをデザインした。色は白地に赤。

スタンドのテーマカラーはあくまでもこの二色とグリーンで、それが周囲の緑にくっきりと映えるという寸法だ。従業員の制服は男性が白いシャツに赤のパンツ、女性が赤いシャツに白のスカート。

キャフェテリアの基本色はグリーン。壁紙にはシンボルマークをアレンジした幾何学的なパターンを配しそのパターンを拡大したものを絨毯につかった。だがこれではあまりにも辻褄が合いすぎて何の面白みもない。そこでカーテンで少し遊んでみようと思い立った。

うすく透ける布をイメージして、トレッシングペーパーを使用し、一枚にJを、もう一枚にOの文字を大きくひとつだけ、かすかな色の変化とかすれを利用して、ゆらゆらとゆれるように描いた。二枚のカーテンはJとOが互いの位置を微妙にずらす感じにして、重ねて天井から垂らされるという計算だ。

この布は、周囲の緑をもうっすらと取り込み、無機的な空間をわたる一陣の風のように、ほっとこころをなごませてくれるにちがいない。わたしにはそんな情景がはっきりと見えていた。

審査はその一週間後だった。

一年間に制作した作品の提出は終わり、そちらの評価は既に下っていたはずだ。

会場では卒業制作の審査のみが行われた。

自分の作品の趣旨を説明し、なみいる審査員のなかから、ほぼ型通りの質問が飛んでくる。こちらはそれに対して出来るかぎり簡潔に答えを述べる。

気持ちのよい言葉のラリーが続いていた。なんとか無事切り抜けたな、と胸をなでおろした瞬間、思い切りカーヴのかかった速球が飛んできた。

質問の主は、グラフィックデザイン担当のムッシュー・エピナール（ちなみに、ほうれん草の意）。

「このカーテンだけど、実際には材質はどんなもの？　それにこの書道のような文字、これはプリントするの、それとも織り？　それから今回の制作にあたってゆるされた色数は五色じゃなかったかな、あなたの場合、このカーテンの微妙な色のバリエーションを計算すると一体何色になるんだろう」

日頃からマニヤックなまでに厳しいエピナール氏だったが、まさかこんな質問が出てくるとは予想だにしなかった。

たしかに、フリーハンドで描いた文字には、一色とはとても言い切れないほど微妙な濃淡がついていて、それこそがこの作品のミソだったのだが、ルールからはずれていると言われればそうかも知れない。

「あくまでも単一な色の濃淡ですから一色と見なされるとおもいます」

と、わたしはこたえたとおもう。

その後も実際布地にするときの方法などについて、かなり執拗な質問がつづき、それに対して、しどもどと言葉を張り合わせながら答えてはいたものの、気持ちのほうははやくも帰り支度を始めていた。

そのとき、助け船を出してくれたのは、だれあろう、あの泣く子もだまる主任教授、マダム・イリーヴだった。

ごくたまに発せられる、彼女のずっしりと重たい言葉、睨み付けるように相手を見つめる強い視線。気にそまない作品を容赦なくはねのける指先の動き、そんなひとつひとつが、どんなにわたしを怖がらせたことだろう。

彼女が濃紺のミニカーのドアーを、ほとんど乱暴といっていいほどの勢いで叩きつける気配を感じ、やがて頑丈なブーツの踵が階段を踏みしだく音がするだけで、心臓が張り裂けそうになるほどだった。

「ムッシュー・エピナール、お言葉ですけれど、われわれクリエーターにとって、なによりも大切なのはみずみずしい発想だとおもいます。彼女の作品を二年間ずっと見つづけてきましたが、今回のものが、もっとも優れているとわたくしはおもいます」

鋭い視線をぴたりとあてられたエピナール氏はそれきりなにも言わなかった。

それからマダム・イリーヴは、わたしのほうにおもむろに向き直り、

「フェリシタシオン（おめでとう）、やっとあなたらしい作品ができましたね」

と、言ってくれた。

地獄で仏とはまさにこのことだ。

仏どころか鬼とまで思った彼女が、最初にして最後の褒め言葉でわたしを救ってくれるとは。

帰国直前、わたしは文化庁から「国家公認装飾士」なる実体のよくわからない免状、そしてアール・デコから卒業証書を同時に受け取った。

日本ではなんの役にもたたないそれら二枚の証明書は、いまでもどこかの引き出しのなかで眠りつづけているはずだが、マダム・イリーヴの存在と言葉が、そんな紙切れよりずっと貴重なものとして、わたしのこころに今ものこっている。

見知らぬ男と深夜のドライブ

間にちょいちょいブランクがあったから、わたしの運転歴など大したことではないのだが、自分では案外運転は慎重だとおもっている。自慢じゃないけれど今日まで無事故。

日頃のせっかちぶりを知る周囲の人たちは、意外に安全運転ですね、と言って機嫌良く同乗してくれる。

ところが、大きい声では言えないが、わたしの仕出かした車にまつわる失敗は、実を言えば山ほどあるのだ。

どれも明るみには出ず、結果的には自分の肝を自分でカチカチに凍らせた、というだけのことで済んだのがむしろ奇跡のようなものだ。

つい最近も、家の近くのスーパーマーケットの地下駐車場において、またまた自作自演のドタバタを演じてしまった。幸いなるかな観客はゼロ。

ここの駐車場で、あいていれば必ず入れると決めているのが三九番。たいした意味はないのだが、たかが数字ごときものにあれこれゲンをかつぐのも詮なきこと。欲を言わず、取り敢えずは、今日一日の無事に感謝というぐらいの意味合いをこめてサンキュウと決めた。

ところがその日は車を極端に右に寄せすぎて、辛うじてドアが開くという状態だった。やり直すのも面倒だからまあ、よしとしようとおもい、車と壁の間の細い隙間をしなやかに身体をすべらせて無事脱出。

やれやれと思ったところで、どこからともなくけたたましいサイレンの音。

「なにかあったのかしら」

きょろきょろとあたりを見回しているうちに、今度はわが愛する三九番付近の天井のあちらこちらから、ジャージャーと大量の水が一斉に噴き出しはじめたではないか。しかも水の噴射範囲は次第にひろがっているようにみえる。

警報装置を何者かが操作したんだな、と先ずピンときた。

しばらくしてその何者かが、ほかならぬ自分である、とわかったときにはさすがあわてた。

「しまった！」

と、おもったが、もう遅い。細い隙間からはい出るとき、なにかの拍子に警報装置にさわってしまったらしいのだが、鳴り出したものを止める術もない。

しばしうろたえはしたが、なんとか冷静さを取り戻し、わたしが咄嗟にとった行動とは、もう語るもお恥ずかしい。自分でしたことを、だれにも気づかれないのをいいことに、なかったことにしようなんて、なんと罪深いことであろうか。

なにはともあれ、この水攻めからはやく逃げ出さなくては、それが先決だ。そう思い立ってからの行動は素早かった。

ふたたび車に乗り、三九番からできるだけ離れた場所へと車を移動させ、なに食わぬ顔でスーパーマーケットの敷居をまたいだのだ。

店内には警報装置の発するモノモノしい音が響きわたり、

「ただいま係員が点検しておりますので、皆様どうぞそのままお買い物をおつづけください」

と、いうアナウンスがながれていて、実際数人の警備員らしきひとたちが走り回っていた。

買い物客はさほど動揺している様子はなかったが、

「ただいま、警報装置が作動いたし、係員が点検しました結果異常は認められませんでした。お騒がせいたしました」

という店内放送を聞くまでは、名乗り出たほうがいいかもしれない、と内心ビクビクしていたのだった。

ご迷惑をおかけした段、遅ればせながら警備員のみなさまには、衷心より深くお詫び申し上げたい。

それにしてもかのスーパーマーケット、スプリンクラーの備えは万全！

一瞬にして、あれだけの水が噴き出ることがわかっただけでも、こころならずも行ってしまった実験は無駄ではなかったという気がしないでもない。

こっちのほうは三十年ちかく前の話だ。

パリはユルム街、そこに今はもうなくなってしまったシネマテーク（フィルムライブラリー）というのがあって、古い名画が安く観られるので友人たちとよく通ったものだった。

小雪がちらつくある寒い晩、二人の日本人男性と一緒に映画を観にでかけたことがあった。

映画がはねたのは深夜で、雪は本格的に降りだしていた。

車に乗り込んだがどうやってもエンジンがかからない。三人のなかで辛うじて運転できるのはわたしだけというのだから、今おもえば、そらおそろしい。

男性ふたりは果敢にも雪のなかに躍り出て、後ろから車を押しにかかった。彼らの必死の後押しのおかげで、しばらくするとなんとか作動しはじめた。そこで止めてしまったら折角の努力も水の泡とばかり、わたしは凍てつく深夜の路上に日本男児二人を残したままひとり車を走らせる。じっと佇んでいる彼らのことをおもうと気がきでははい。はやく元の地点にもどらなくては、とこころがはやる。できるだけ信号のない小さな道を選びながら走りつづけた。

あれはクロード・ベルナールという通りだったか、それともゲイ・リュッサクだったろうか、そのあたりの記憶がおぼろげなのは、その後起きたことのあまりの重大さが他のあらゆる細部を蹴散らしてしまった結果だろうとおもわれる。走って走って走りつづけ、なんとか一度も停止することなく切り抜けていた。クロード・ベルナールあるいはゲイ・リュサックの、あの地点で信号にひっかかるまでは。

やむなくブレーキを踏む。ところが、その道、おもいのほか勾配のきつい坂になっているらしい。あわててサイドブレーキをひいた。

信号が青に変わり、サイドブレーキを解除。

いざ発進というときまたまたエンスト、しかも中央車線で。

再びサイドブレーキをひき、しばし黙考ののち、とにかく車を路肩に寄せることが肝要だと判断。

わたしは厳寒の街に勇敢にもひとり降り立ち、車をひきずろうとこころみる。

「あ、そうそうサイドブレーキがかかったままだったんだ、ここは冷静に、冷静に」

と呪文を唱えながら、外側からサイドブレーキを解除。

ところが突然、車はわたしのおもいとはまったく逆の方向に向かって滑り落ちはじめたのだ。徐々に加速をつけながら。

もう間に合わない、とてもついていけない！　憶えているのはそこまでだ。

頭が真っ白になる、とよく言うけれど、人間の頭のなかが、自分の力ではどうしようもない、とてつもなく恐ろしい現実に直面したとき、本当に真っ白になることをその時初めて知った。

我に返ると、目の前に見知らぬ男が立っていた。

「幸いにも……」

そう男は言った。

「わたしが運良く通りかかった」

男の声は水のなかでしゃべっているように聞こえた。

ウソのような本当の話とはこういうことをいうのだろう。いまだにあれが現実だったとは、とてもおもえないでいるぐらいだ。

彼はルノーの工場で働いているのだという。

その男が夜道をひとりで歩いていると、自社製の無人の車がバックで坂道を下ってくる。東洋人らしき女がその車を追っている。どうしたらこんなことが起こり得るのかは差し当たってとても理解できないが、ともかくなんとかしなくてはと直観した彼は、必死で車をくい止めたのだという。

「幸いにも……」

と、また男は言う。

「真冬の深夜で、後続車がなかったからよかっんだ。これがまともな時間だったら大変なことになっていた」

筋骨隆々、雲を衝くようなこの大男がスーパーマンでないとしたらなんだろう。徐々に速度を増しながら滑り落ちてくる車を手掴みにし、ようやく我に返ったわたしの傍らで先刻の台詞を吐いたのだ。あまりにも出来すぎた話ではないか。男はつかんだ車を路肩に寄せると、自ら運転席に乗り込んで、わたしに助手席に乗るように指示した。しばらくして何故かすんなりエンジンがかかった。

男は猛スピードで車を走らせる。

そのとき思い出した。相変わらずユルム街の映画館の前でわたしを待っているはずの二人の男のことを。それをこの見知らぬ大男に伝えるのだが、彼は無言のままドライヴをつづけるばかりだ。

どの道をどう走ったのか、車は映画館からどんどん遠ざかっているようにおもえた。

突然、恐怖が押し寄せてきた。

—わたしは、この見知らぬ大男と二人きりで真夜中のドライヴをしている。

だが、さしあたって彼は車と私の命の恩人であることに間違いない。

ドライヴも恐怖だが、彼が現れなかった場合の結末はもっと恐ろしい。そう思うと、黙々とハンドルを握っているこの男にはとてもさからえない。

—ああ、それにしてもどこまで行くつもりなのだろう。

その時、男がようやく声を発した。

「どこだって？」

「え？」

「だから、さっき言ってた連中が待っている場所だよ」

「ユ、ユルム街のシネマテークの前、です」

突然車がガタンと停止した。見るとそこはユルム街の角だった。

「一体いままで何をやってたの！」

あわや雪だるまになりそうなぐらい待たされた男たちは、わたしの顔を見るなり、寒さに凍えた声できいたが、一体なにが起こったのか、わたしのほうこそ聞きたいぐらいだった。

起きたことがあまりにも陳腐で、思考能力なんか頭のなかで散り散りになり、脳みその芯はくたくたに疲れて、なにがあったのか説明する元気さえわたしにはのこっていなかった。それに、こんな馬鹿なことを話してもとても信じてはもらえないだろう、そんな諦めに似た気持ちもよぎっていた。

雪の降る街を、ふたりの同胞を乗せてわたしは車を走らせた、ただ黙々と。

もしかして夢でも見ていたのかもしれない、そう考えるほうが自然に思えるおかしな夜だった。

バンザイおじさんとエッフェル塔

「バンザイ!」

年のころは五十代半ば、身の丈は百八十センチほどの、いかつい体つきをした人物、日本大使館の紹介で見に行ったアパルトマンの持ち主であるドイツ人は、息子の顔を見るなり、そう叫んで高々と両手をあげた。

以後息子は彼を「バンザイおじさん」と呼ぶことになる。

このひと、作り付けの白い書棚に夥しい数の小さな鉛の兵隊や戦車、いやに生々しい色をした蝋細工の果物や野菜といった、なにやら背筋がさむーくなるようなコレクションを並べ、暖炉わきの壁には彼が本物だと言い張るドガの絵を飾り、傍らにアルメニア人の女性秘書をピタリとはべらせている。

なんだかミステリアス、そしてもっとはっきり言わせていただくならば、ちょっとばかしいかがわしげなのが気になった。

日本人なら三部屋、いや、ことによったら四つにも五つにも仕切ってしまうにちがいない大きさのリヴィング兼、ダイニング兼、書斎兼、寝室、他に六畳ほどの部屋がもうひとつ、それにキッチン、バスルームがくっついた、総面積のわりにはひどく使い勝手が悪そうな間取りも問題だったし、なにより深刻なのは家賃が予定額を大幅にオーヴァーしていることだった。

「ちょっと考えさせてください」

と、言って帰ろうとするわれわれを、まあまあ、そうお急ぎにならず、となだめすかし六畳間のほうに誘い込んだバンザイおじさん、手品師が白い布をピラッ、とめくって鳩を出すときに似た真剣かつ厳かな表情をして、うやうやしいと言っていいほどの手つきでカーテンの紐をゆっくりと引き、最後にそれっ、とばかり窓を左右に振り分けてみせた。「これでも家賃は高すぎるとお思いですか」

われわれのほうに向き直った彼の得意そうな顔は、はっきりとそう語っていた。

窓を開ければ港ならぬ、エッフェル塔が夕暮れ間近のパリの秋空にくっきりと姿を現したのだ。しかもすぐそこに、と言いたいほどの位置に。

「わっ、エッフェル塔だ」

そう叫ぶ息子の声を彼はどんなにか満足げに聞いていたことだろう。

かくしてわたしたち一家は、バンザイ氏の術中にまんまとはまるかたちで、一九七九年九月、家賃のなかにエッフェル塔拝観料が間違いなく含まれている、このアパートに翼をおろした。と言いたいところだが、実際には連日の家探しに疲れ果て、ほとんどへたり込むという感じで住みつくことになってしまった。

先ず子供がイタズラするからという理由で、鉛の兵隊はもちろん、その他諸々の、いささか気味の悪いデコレーションは早々にお引き取りいただいた。ドガ？の絵やマントルピース上のピカピカに磨き上げられた、こちらは確かに本物の銀器の類も。

足りないものがあったら秘書に即刻運ばせるからとの約束どおり、こちらが頼んだ食器やナイフ、フォークの類は件のアルメニア女性が翌日届けにきて、持参のタイプライターを取り出すとアンヴァンテール（備品の目録）を速やかに作成し、電気、ガスその他のシステムをめまぐるしく説明して回るついでに、

「わたしの両親が日本に行っていて、つい二・三日前にもどったばかりなの。いいところなんでしょうね、まだゆっくり話も聞いてないけど。なにしろわたしはここのところ忙しくて走りっぱなしなもので」

などと、文字通り走るように歩きながら、いかにもせわしげな口調で世間話を

し、これ以上一分も無駄にできないという様子でそそくさと帰っていった。

パリ七区、リュ・デ・グロ・カイユーでのわたしたちの暮らしはこんなふうにして始まった。

その年の冬、パリは百年来という厳しい寒さに見舞われた。

近くの幼稚園に通う息子が、

「どうしてこんな夜中に、こんな寒いのに幼稚園へ行かなくちゃならないの？」

と、心細げに聞いたのも無理からぬことだった。

八時になっても日は昇らず、あたりは真っ暗で、石畳はヒリヒリに凍りついている。そんな道を、初めてスケート靴を履いたみたいな足取りで、おっかなびっくり歩いているわたしたちに、毎朝、名前さえ知らない人達が声をかけてくれる。

先ずはどんなに寒い日でも、窓を目一杯開け放って通りを見下ろしている老婦人の、

「お早うマダム、お早うお小さいの、いい一日を！」

に始まって、中華料理の材料やチャイニーズドレス、茶器などを狭い店にびっしり並べて売っているヴェトナム人女性の、

「お早う奥さん、お早う坊や」

というちょっと甘ったるい声。

わたしたちの通りをぬけると、朝の活気につつまれたサン・ドミニックの商店街に出る。

そこで真先に飛んでくるのが、いかにも子供好きらしい八百屋のお兄さんの、ちょっと荒っぽいけれど、やさしさのこもった言葉。「こら、坊ず、元気か？頑張れよ」

つづいて文房具や新聞や雑誌などを売るおじさん、キャフェのボーイさんといったひとたちと次々にあいさつを交わすうちに、いつの間にか幼稚園にたどり着いている。

そのころには、半分寝ていた頭のなかもきれいに晴れ渡り、身体もすっかりぬくもっている。

毎朝、おんなじ角で、おんなじ顔、おんなじ声、おんなじ言葉、おんなじなのに毎朝新鮮、いつもとれたてピチピチのイキのよさ。

今、なによりなつかしくおもえるのは、ちっともドラマティックではないのに、何故かこころにツンとくる、そんな日常のなんでもない繰り返しだ。

偶然迷い込んで、そのまま居ついてしまったようなこの街には、織物作家の工房や、椅子張りを生業とする店、額縁屋さんといった、いわゆる手仕事にたずさわるひとたちの仕事場などが並び、そこで働くひとびととの交流もごく自然に芽生えはじめていた。

なかでもマリーゼルという（多分これは彼女のブランド名なのだろうが、みんな彼女をそう呼んでいた）織物作家とは、日本の雑誌に彼女の作品を推薦したこともあって、いつしか親しく口をきくようになっていた。

織物といっても一切織機をつかわない独自のやり方で、正確には巨大な刺しゅうといってもいい、ダイナミックな作品を次々と生み出していた彼女は、こころの底からたのしくてたのしくて仕方がないという表情を浮かべながら、来る日も来る日も仕事に励んでいた。

そんな様子をガラス越しに眺める度に、わたしは物を創り出すひとだけが味わえるよろこびや、彼女が自分自身の指先や手の平で日々実感していたはずの、とても確かで、おそらく、なにものにも代えがたい、充足感みたいなものを分けてもらっていた気がする。

エレヴェーターなしの五階まで暖炉用の重い薪をせっせと運んでくれた、立派な風貌と、コメディ・フランセーズの役者になろうと考えたことはないのだろうか、とおもうほどの素晴らしい声が印象的なキャフェのオーナーや、家に鍵を残したままドアを閉めるという失敗をする度にお世話になった鍵屋の兄弟、彼らをさがすには鍵屋に行かず向かいのキャフェに行け、というぐらい、ほとんどの時間を白ワイン片手に過ごしている二人の姿もまた、あの街の風景になんとしっくり似合っていたことだろう。

そういえば、今では押しも押されぬ立派な物書きとしてご活躍の日本人、Kさんと F さんが何度か訪ねてくださったのも、あのアパルトマンだったたっけ、と先日ふと思い出した。まるでつい最近のことのように。

お二人相手にウルトラマンの話など無我夢中でしていた、幼い息子が二十六才にもなっているというのに。

セリーヌのいる風景

中庭の真ん中に、うす緑色の葉をつけた木が一本、わずかにのぞく空に向かって背伸びする恰好で立っていて、その陰で少女は縄跳びをしていた。

縄があたりの空気をゆらすかすかな気配に、じぶんの在り処をさがすような、ひっそりとした動きに一瞬、胸をつかれた。

突然、視界に飛び込んできたわたしにおどろいて、少女は跳ぶのをやめ、はずかしそうにうつむいたまま、

「ボ、ン、ジュ、ール、マ、ダ、ム」

と、自分が発した一語一語を、もう一度飲みこむ感じの、とてもつつましやかな声でささやいた。

彼女がわれわれと同じアパートの二階に住む、ベルチュ一家の十才になるひとり娘だと知ったのは、それから大分、時が経ってからのことだった。

生まれつき聴覚に障害をもつセリーヌという名のこの少女は、昼間は普通の学校に通い、週三回、聴覚障害児のための特別教室に行っているうえ、バレーやピアノを習うという、ひどく忙しい毎日を送っていたので、おもてで遊ぶ姿を見かけることは滅多になかった。

初めて彼女に会ってから三ヵ月ほどが過ぎたころ、息子の手をひいて中庭を横切ろうとすると、階段をかけおりてきたセリーヌがはなしかけてきた。

「あなたの小さな坊やはいくつ？」

彼女は、はっきりとした口調でそう聞いた後、飛散していく自分の声を追うように目をほそめて、こちらの答えをじっと待っていた。

「五才よ」

と、答えるがはやいか、彼女はいきなりわたしの手をつかんで、自分の家まで引っぱって行き、われわれを母親に引き合わせた。

「いつもセリーヌはあなた方のことを、彼女の部屋の窓から見ていたらしいの」

そう言いながら母親のフランソワーズは娘が連れてきた珍客を、ずっと前から待っていたというように、うれしそうに家のなかに招じ入れた。

画家のフランソーズは、その頃大きな個展を控えていて、アトリエにもサロンにも所狭しと新作が並べられていた。

口許をちょっとすぼめ、身体をいくぶんよじる具合にして小声で話す、はにかみ屋の彼女からは想像もできないほどダイナミックで、どちらかというと男性的な作風の抽象画だった。

「お願いだから、もう少し小さな絵を描いてくれって主人がいつも言うの、これじゃいくつアパートがあっても足りないって」

彼女はうっすらと笑いをためた唇を小さくすぼめた。

われわれが家族ぐるみで付き合うようになってから、しばしば驚かされたのは、ベルチュ夫妻のセリーヌに対する、並外れた厳しさだった。

彼らの親しい友人を招いての夕食会に招待されたことがあったが、その晩、ベッドに行く前にきょう習った曲をみんなの前で弾いてごらん、と父親に言われ、窓辺のピアノの前に座らせられたセリーヌは、仕上げたばかりのバッハの小品を演奏しはじめた。

途中何度もつかえ、その度に父親の厳しい叱責を受ける。

自分の耳で一度も聴いたことのない音を、指でなぞっていく作業のもどかしさを、わたしたちはセリーヌのちいさな肩に感じながら、息をころして演奏が無事おわるのを祈るような気持ちで待った。

なんとか最後まで弾きおえると、セリーヌは客たちに、おやすみなさい、を言って、自分の部屋に引き上げていった。

フランソワーズが言ったことがあった。

「セリーヌはね、いつも書き取りの試験で満点をとるのよ。どうしてかわかる? クラスのなかで彼女が一番、集中力があるから。教師の口許から一瞬たりとも目をそらさずにいる生徒なんて、彼女のほかにいないもの。普通の子供たちが聞きのがしてしまう、どんな些細なこともキャッチするだけの注意力が彼女にはあるの、いつかあの子がひとりで生きていくときには、それが最大の武器になるでしょうね」

学校で人の数倍もの神経をすり減らし、その上、補修教室での発声訓練、リズムを身体におぼえこませるためのピアノやバレーのレッスンと、息つく暇もない過密なスケジュールを文句も言わずこなしているとはいえ、セリーヌも、やはり十才の子供だ。

自分の意志が正確に伝わらないことや、相手の言葉が理解できないことにひどく苛立ったり、両親の関心が自分より、わが家の小さな息子に向けられたりすると、途端にやきもちをやいて意地悪をすることもあった。そんなときも両親は彼女を容赦なく突き放した。「ときには抱きしめてやったほうが楽だとおもうこともあるわ」

フランソーズが母親の本音をもらしたのは、わたしの憶えているかぎり、たった一回きりだった。

ベルチュ家のアパルトマンは、わが息子が、

「ここの家はまるでミュゼ（美術館）みたいだね」

と、思わず言ったほど、住み手の完璧なまでの美意識と繊細な神経が、そこかしこに脈打っていたが、一番驚いたのは、セリーヌの部屋だった。

両親にも滅多にさわらせないというパステルカラーの大小様々な棚には、おびただしい数のドールハウスやミニチュアの動物たち、ベンチや木などが整然と配置され、片側の壁には、セリーヌが描いた絵がびっちりと貼られていた。

重なりあうように描かれたいくつもの花畑には、花びらのひとひら、ひとひら、葉脈のひとすじ、ひとすじ、どれひとつとして同じものがないほど丹念に描きこまれた草花が、ひしめきあっていた。

複雑にくねる道。牛が草を食む草原。クレヨン箱をいくつもひっくりかえした

ほど、たくさんの色をつかって描かれた無数の星。そして、どの絵のなかにも必ず、髪にリボンを結び、ひらひらのスカートをはいた小さな女の子を描くことを忘れなかった。

彼女のなかで、かかえきれないほどにふくらんだ物語が、そのまま、音楽になってこぼれだしたようなセリーヌの世界だった。

「どれが好き？」

彼女は聞いた。わたしは、三日月の形をしたブランコや天まで届く長いすべり台、細かな虹色の水滴が数えきれないほど吹き出している噴水のある公園、そして、その真ん中で縄跳びをしている少女が描かれた絵を、ためらいなく指さした。

「わたしもこれが、一番好きなの」

母親似の唇をそっとすぼませて彼女は目をかがやかせた。

「大きくなったら、山のてっぺんの大きな家に住んで、動物をいっぱい飼って、絵を描いて、本をつくって、動物のお医者さんになって……」

気持ちのほうがどんどんどんどん先に走り出し、言葉がとっても間に合わず、その分、手足の動きで補いながらセリーヌは無我夢中で話すことがよくあった。

そのあと、きゅうに上の空になって自分のなかに沈み込んでいってしまう。

しばらくすると、こんがらかっていたものが、ほぐれて、のどかないつもの顔に戻り、すこし身をくねらせながら、ほんのりと笑いかけてくる。

ベルチュ一家と出会ったこのアパートは、グロ・カイユー、つまりは「大きな小石通り」という、わかったような、わからないような奇妙な名をもつ道の一隅にあった。

エッフェル塔が、つい目と鼻の先にそびえ立つ、いわば、よそゆきの服を着たパリのど真ん中で、そこだけ年中普段着の、人の情けが通い合う、とても感じのいい小路だった。これはなにしろ十八年も前のお話なのだから、実際のセリーヌはもう二十八才のレディーになっているはずだ。

それなのに、いまでもあそこに行ったら会えそうな気がする。窓辺の淡い水色の椅子にすわって、はずかしそうに笑っている、あのころのセリーヌに。

ピエールの横顔

一九八〇年、わたしたち家族はパリ七区のリュ・デュ・グロ・カイユーという、職人さんの仕事場や、アーティストのアトリエなどが軒を並べる、活気に満ちた小さな通りの一角に住んでいた。

その頃親しくなった、同じアパートの住人、ベルチュさんの家のアームチェアーは、無理すれば二人でも腰掛けられるほど、ゆったりとしたサイズなのに、フランソワーズはいつも身体をどちらか一方のひじ掛けに極端なほど寄せて、まるでしがみつくみたいに座るのがクセだった。

あの日もたしかそんな具合に座って彼女は自分で焼いたクッキーに、彼女の夫、ピエールが煮たというジャムを塗って、わたしにすすめていた。

「このジャムなんだとおもう?」

彼女はティーテーブルをはさむ感じに、並んですわっているわたしの方に顔を近づけてきて、ふ、ふ、ふ、と独特の笑い声をもらしながら、思案するこちらの顔をさもおかしそうに覗き込んできた。

そして、もう待ちきれないという感じで、ジャムの材料になった植物の名前を、おごそかに告げたが、なんだかよくわからない。

彼女が紙と鉛筆を持ってきて描いた絵で、ようやくそれが棕櫚らしいことが判明した。子供のころ髪の手入れもしないで、ぼさぼさ頭のまま遊びほうけていたわたしを、叔母が、

「そんな棕櫚箒みたいな頭をして、女の子なんだからちゃんととかしなさいよ」

と、年中からかっていたので棕櫚には箒の材料ぐらいの、ろくでもないイメージしか持ちあわせていなかった。

「あんな物、食べられるの？」

「食べないでしょうね常人は。ピエールが、ある日、別荘の庭で棕櫚の実をついばんでいる鳥をじっと見つめて立ってたのよ。鳥が食べるんだから人間が食べていけないことはないはずだって考えながらね。それで明日の朝は鳥たちと同じ実を食べてみようじゃないかっていうことになったのよ。時々そんなおかしなことを思いつくひとなの」

やがて静かにドアがあいて、棕櫚のジャムを煮た張本人であるピエールがリヴィングにあらわれた。

かれらの一人娘セリーヌを通じて知り合ったフランソワーズとは、時々こうしてお茶を飲んだりするようになっていたが、その家の主に会うのは初めてだった。

「はじめまして、マダム」

顎をいくぶん持ち上げ気味にしたまま、いかにも器用そうな、すらりとした手をのばしてきた。初対面のあいさつはそれだけだった。いくらか偏屈で、冷やかなひとという感じをうけた。

「かれってシャイなだけなのよ。どの友人の第一印象もあまり芳しくないんだけど」

そうささやいてから、フランソワーズは語尾が掠れて消え入りそうになるほど小さな、いつもの声をますますひそめながら、

「でも、いつかあなたもかれを、きっと気に入るわ」

と、未来を予言する占い師みたいな目つきになって、わたしをじっと見つめた。

「わたしね、子供のころから自分が結婚するっていうことを一度も考えたことがなかったの。かれに出会わなかったら、おそらく一生結婚しなかったでしょうね」

ピエールが消えていった方向を目で追いながら、彼女は肩をくねっ、とねじるようにして、またふ、ふ、ふ、と笑った。

フランソワーズの友人たちが郊外の小さな城で絵の展覧会を開き、そのオープニングがあるので行かないかと誘ってくれたことがあった。

わたしの連れ合いは子供たちと我が家で留守番をすることになり、ピエールの運転でパリを出発したわたしたちが、散々迷いながら会場に着いたのは、宴も終わりにちかく、人の影もまばらになりはじめた頃だった。

それでもフランソワーズは友人たちに囲まれて、いつになく寛いだ笑みをうかべ楽しそうに話をしていた。時折友人たちにわたしを紹介しては、また最後に残った親しいひとたちの輪のなかに帰っていく。

ふと気がつくと、ピエールが人々の群れからはずれ、すっかり宵闇につつまれた森のあたりを見つめながら佇んでいるのが見えた。やや険しい横顔をこちらに向けて。

帰りの車の中で、

「どうしてあなたは、わたしの友人と話をしなかったの」

と、フランソワーズが咎めるように言うと、

「あんな俗悪な絵を見せるために、こんな所まで呼びつける連中の神経にはとてもついていけないからさ」

ピエールは憮然とした口調でこたえた。展覧会に関しては、わたしもピエールとまったく同意見だったが、あえて口をはさまなかった。フランソワーズが少し声をとがらせて、美大時代の仲間らしい、友人たちを弁護しはじめると、少々気まずいものが車内にながれた。

しばらく無言で車を走らせたあと、

「さーて、このあたりで腹ごしらえといくか」

ピエールが、気をとりなおしたように提案したので、フランソワーズのこわばった頬にも、ようやく和みの表情がさしてきた。途中のレストランで簡単な夜食をとり、パリに到着した時には、すっかり夜も更けていた。

子供たちは、出がけにわたしが用意した夕食を食べたあと、ゲームをしたりして眠い目をこすりながら待っていたらしい。

わたしたちが入っていったとき、セリーヌは息子が日本から送ってもらった雑誌を熱心に、一ページ、一ページ、まるで嘗めるように見ているところだった。

「さあ、さよならを言って、帰るわよ」

母親の言葉に、しぶしぶ立ち上がったものの、雑誌に未練がのこるらしく何度もふりかえる。

その時息子が黙ってその本を彼女にさしだした。セリーヌの顔がさーっとバラ色になった。そして、なにやらごそごそとポケットをさぐり、やっとさがしあてた一枚のチューウィンガムを、几帳面らしくきっちりふたつに割って、その一片を息子にわたした。

厳しくおやつを制限されている彼女にとっては、ほとんど宝物に等しいはずのガムの一片は、こうして輝かしい勲章のように息子の手にのこった。

「フランソワーズ、見ただろう、あんな展覧会よりずっと感動的な光景じゃないか」

ピエールが珍しく陽気な声を弾ませた。

ひとの集まる場所でもピエールはみずから話題を提供することはほとんどなく、むしろひとに喋るだけ喋らせておいて、黙って聞いていることがおおかった。

じっと腕組みなどして、ちょっと離れた場所から観察し、相手の丈をはかっているようなところがあって、最初のうちは、どうにも居心地がわるくて仕方がなかったのだが、付き合いが深まるうちに、安易に言葉を発しないところにこそ、かれの誠実さがあることもわかってきた。

内に抱え込んでいる激しいものを、キャンバスに突き刺すようにして絵を描く妻。

音のない世界に封じ込められた自我を解きはなす術を、手さぐりで探している、聴覚に障害をもつ娘。

その真ん中で自分自身をぎりぎりまで切り詰めて、まっすぐに立っているように見えるピエールからは、どこかしら修行僧を思わせるストイックな雰囲気がただよってはいたが、けっして切羽つまった感じがないのは、かれが心のなかに、まるで薄紙につつむようにして大切に隠し持っている、自分のための食べ物を、人知れず味わう贅沢を知っているひとだからではなかったろうか。

クレール通りの美容院

「マリー、右のほうをもう少し後ろに流して。そう、それでいいわ。それから後ろ、もっとボリュームを出してちょうだい。もっと、もっと、もうすこし。ええ、いいわ、いいわ、そんな感じ。ちょっと待って、右サイド、やっぱりいつものように外側にはねるようにして、そのほうが落ちつくわ」

若い美容師、マリーは老婦人の相次ぐ注文に黙々と従い髪をなおしている。

ようやく髪のお手入れが済むと、そのご婦人、豪華な毛皮のコートを二人のアシスタントに両側から着せかけてもらい、鏡の前でエルメスのスカーフを横に流したり、細長くたたんで襟元で結んでみたり、ほどいたり、すっかり出来上がったヘアーを、自分の櫛で整えなおしたり。

仕上げに全身鏡で己が姿をくまなくチェックし、マリーや若いアシシタントたちにチップをばらまいてから、ようやく彼女が店を出ていったときには、わたしでさえ、やれやれ、と胸をなでおろしたものだった。

ところが彼女、五分ほどして再び戻ってきた。

「マリー、大変、わたし大事なお薬の瓶をわすれるところだった。とってちょうだい」マリーは、透明なビニール袋に入った、底の部分にわずかに液体がのこっている小瓶を持ってきて差し出した。

「ありがとう、今夜はお芝居を観にいくの」

「まあお楽しみね、それじゃ良い夜を！」

「あなたもね、マリー、良い夜を！」

毛皮のロングコートを羽織ったそのご婦人、昔、昔、その昔、さぞやたくさんの男たちを泣かせたであろう面影が、それでも、ほんの少しのこっていた。

彼女が去っていき、ドアが閉まるか閉まらないうちに、マリーはもううんざり、という表情でフーッ、と大きなため息をついた。

「あの人、前にも一度みたことがあるわ」

「毎日よ、毎日来てるの」

長い漆黒の髪をしたイラン人の美容師マリーは老婦人のお気に入りらしいのだが、彼女のほうは出来ればお断りしたいのが本音だという。

パリでいつも苦労するのは、こちらの髪質と好みを十分理解してくれて、しかもシャンプー、ブローの丁寧な美容院を見つけることだ。そんなところは滅多にないから、出来るだけ美容院に通わなくて済むようなヘアースタイルにして、シャンプーもブローも自分でやるしかないとあきらめていた。

フランスの美容院のすべてにイチャモンをつけるつもりはないが、われわれ日本人にとっては、どうにもこうにもしっくりこないところが多いのは事実だ。

シャンプー台にすわると、先ず髪の表面をわずかに湿らせ、いきなりシャンプーをほんのひとふりふりかける。そして十分に力の入りきらない指先をモゾモゾと申し訳程度に這わせたのち、ばかに水圧の低いホースからニョロニョロと出る少量の湯をかけるだけの、まるでいも虫の行列が頭のなかをのったりと行進しているような、実に煮え切らない濯ぎがおわるかおわらないうちに、タオルで二、三度水気を拭き取る。

しかる後、まだ肩先に水分が滴り落ちるのをものともせず、無謀にもドライアーをかけはじめる。

おまけに、

「あなたの髪、乾きにくいわね、もう疲れてきちゃった」

なんて、言われることもあるのだから、冗談ではない。

カットだけは、大概どこへ飛び込んでも間違いはなかったのだけが救いだった。

こちらの希望をいえば、

「合点だ！」

と、いう感じですぐ呑み込み、大胆不敵ともおもえる思いっきりのよさでバッサリといく。これが不思議ときまる。さすが美の国フランスだ。

「ただいま、このワタクシ、美容院に行ってまいりました」

と、いう感じには間違ってもならない。

だが、しかし、

「椅子の高さはよろしいでしょうか？」

「お湯の温度はよろしいでしょうか？」

「ゆすぎ足りないところはございませんか？」

と、至れりつくせりで、かゆいところに手がとどくどころか、かゆくなくても手がとどくほどの日本の美容院が、なんとありがたく思い出されたことだろう。

かの国では細かい髪の毛の残骸が襟元から背中のあたりに侵入しようが、肩に降りかかろうが、耳にお湯がおしみなく注がれようがおかまいなし、仕上がりの美に免じて、そんな瑣末なことには目をつむれ、といわんばかりなのだ。

そんな時、出会ったのがマリーだった。

彼女はイラン人で、髪も黒くストレートのロングヘアーで、当時のわたしと同じ髪型だったことから、こちらの好みをすんなり理解してくれたし、ブローもなかなか念入りだった。

マリーは、もう一度大きく肩で息をついてから、わたしのほうに向き直って、鮮やかな手際でカットにかかった。

「少し長いから揃えておきましょう」

「ところで、さっきのご婦人だけど、あの瓶の中身、あれは一体なに?」

彼女はアシスタントの女の子と思わず顔を見合せ、意味ありげな含み笑いをうかべてから、

「砂糖よ」

「砂糖って、あのサ・ト・ウ?」

「そう、あのサ・ト・ウ。どこの家庭にもあるなんの変哲もない砂糖よ」

「どうしてまた?」

「彼女は美容院でつかっている薬品はすべて有害物質、要するに毒だって言うの

よ。それにボリュームのなくなった髪にハリとツヤをあたえるのは、自分で調合したオクスリ、つまり、ただの砂糖水しかないと、かたく、かたく信じているの」

「ベタベタしてきもちがわるくないのかしら」

「だから毎日シャンプーするのよ、そしてまた砂糖水で髪をバリバリにして帰っていくの。いまは冬だからいいけど、あたたかくなったら虫が寄ってくるわよ、冗談じゃなく」かつては人も羨む見事なブロンドだったのに、昔行っていた美容院の薬のおかげで、こんなに錆びついた色になってしまった、と彼女は言い張るのだという。

　年のせいでしょ、とも言えないから、マリーは黙っているとのことだった。

　お砂糖水でゴワゴワに髪を固めた老婦人、あの夜は何処ぞの劇場で、さぞやあまーい夢にひたったことであろう。

サヴォワシーの夏

哲学者、アンドレ・グリュックスマンの別荘に招かれて、われわれがブルゴーニュ地方のサヴォワシーという小さな村で、夏休み最後の数日間をすごしたのは一九八十年のことだった。

その夏、おそろしく難解な彼の著作「思想の首領たち」を訳しおえたばかりだった夫の慰労も兼ねて是非われわれの田舎家へ、とのお誘いをうけたわたしたち一家は、早速パリのリオン駅から汽車に飛び乗ってモンバールを目指した。

だれかが村の片隅に置き忘れていったみたいな家、というのが彼らの別荘を最初に見たときのわたしの印象だった。

大きな石造りの建物に囲いはなく、夏草の茂るにまかせた庭に、日向水を並々とたたえたビニール製のプール、錆びついた鉄製の庭椅子が二脚とティーテーブルが置かれているのが見えた。

家のなかに足を踏み入れて先ずびっくりしたのは、リヴィングのやや中心を逸れた場所に、背の低い衝立でわずかに仕切られるかたちで、年代物の巨大な浴槽が堂々と据えられていることだった。

石鹸や浴用タオルが備えてあるところを見ると、単なる飾りでもないらしい、と思いながら見ているあたしに気づいたグリュックスマン夫人、ファンファンことフランソワーズが、

「もしよかったらすぐにでもお風呂に入るといいわ」

と勧めてくれたが、あまりにも開放的なその浴室のお世話になる勇気は、ついに最後までわかなかった。

わたしたちの寝室として提供された部屋は二階の中央に位置する、横長のだだっぴろい一室で、よじ登るのに苦労するほど脚の高い大きなベッドが二つ、真ん中にでーん、と設置されている。部屋のどちらか一方に寄せたらもっと収まりがいいのにと思える、極めて不安定な配置だった。

彼らには、当時生まれたばかりのひとり息子ラファエルがいて、生活はすべて赤ん坊中心に動いていた。といっても一般的な家庭の基準からすれば、相当変わったリズムに乗ってではあるのだが。

朝ミルクや離乳食を与えるのは、早起きのパパ、グリュックスマン氏の役目。宵っ張りのファンファンが夜のうちに圧力鍋でつくっておく野菜スープの具を、丹念にスプーンでつぶしては、

「コレハ、キミノ、チュテキナママガ、チュクッテクレタ、トッテモ、オイチイゴチチョウデチュヨ。チャー、イッパイ、タベマチョウネ」

とろけそうな声でやさしく語りかけながら息子に食べさせていた。ギリシャ彫刻を思わせる端正な顔立ちの偉大な哲学者が、いかにも不器用そうな手つきで赤ん坊に食事を与えている姿は微笑ましくも涙ぐましくもあった。

「息子はニワトリみたいに早起きだから、朝は僕が面倒をみる。僕は朝型だからちょうどいいんだ。夜はすべてファンファンに任せて僕はさっさと寝てしまう」

早く目覚めて階下に下りていったわたしに、グリュックスマンはこう説明し、

「こんな風に育児に参加できることは、僕にとっても幸せなことなんだ」

とも付け加えた。

ラファエルの食事の世話が一段落するころ、ようやくみんなが起きだしてきた。

朝食のあと、男性ふたりは庭椅子にすわって、なにやら難しそうな話をし、ファンファンとわたしは草ぼうぼうの庭にぺったりとすわっているラファエルと、

彼をあやしている息子を見ていた。

そのとき、突然舞い降りてきたピー（かささぎ）が、ティーテーブルの上にあった車の鍵をくわえて飛び去った。一瞬の出来事で、わたしたちはキョトンとしていたが、ファンファンはすこしもあわてず、天に向かって大声で叫んだ。

「こら、いたずらピー、鍵を返しなさい！」

すると、しばらく低空を旋回していたかささぎがファンファンの迫力に気押されて、地面にぽとりと鍵をおとし再び空高く舞い上がっていってしまった。

「鳥と話ができるの？」

息子が感動の面持ちで尋ねる。

「もちろんよ、草とだって話すわ。草にだってこころがあるもの。だからやたらにむしってはいけないの」

彼女はごく当たり前のことのように言いきかせた。雑草の生い茂る庭の謎がそのときようやく解けた。

洗い晒しのジーンズの裾をジョキジョキ切っただけのショートパンツから、きれいに日焼けした長く形のいい脚を出して、すっくと立っている彼女だったら、本当に草や木や、空気とさえ言葉を交わすことができるかも知れない、そんな気がしてくる、ちょっと不思議な魅力をもった女性だった。

ある日、知り合いの城の夕食会に招かれて、全員でグリュックスマンの車に乗り込み、ドライヴがてら早めに家を出た。

畑の間の一本道を車は跳ねるようにひた走る。

前方に見えるのは薄く澄んだサックスブルーの空だけ。

緑の丘陵を彩るのは可愛らしい村落の屋根と牛や羊の小さな群れ。

そんなのどかな田園風景が、ものの密集に馴らされて縮こまっていた目を、遠くへ遠くへと誘って解き放ってくれる。

城の夕食会といっても、べつに舞踏会に招かれたわけではない。

そこの持ち主である若い男性が仲間を招んで、自分たちで用意した食事を食べるというだけの、まったく気の張らない集まりだった。

食事が終わったあと、城のなかをみんなで探検して歩いた。

普段はまったくつかっていないらしいいくつもの部屋から、先祖たちが残した古い帽子やマント、ステッキやブーツ、革のトランク、人形や木馬など、住人さえもその存在を知らなかった品物がぞくぞくと出てきた。

グリュックスマンがマントを羽織る。ファンファンがシルクハットを小粋に被ってみせる。ラファエルの頭にも古ぼけたレースの帽子が乗せられる。それぞれがあちこちから黴臭い過去のかけらを持ち出してきては、身に纏ったり、履いてみたりしてひとしきりはしゃぎまわった。

「グリュックス（ファンファンはグリュックスマンをこう呼んでいた）が、あんなに楽しそうにしてるのも珍しいわ。いっつも本物のクマみたいに穴倉に閉じこもってるひとなのに」

ファンファンがハスキーボイスで、クッ、クッ、クッ、と笑った。

画家のアニーに初めて会ったのもこの村だった。

彼女は近くのプラネイ村に家をもっていて、パリとブルゴーニュを往復するという生活をしていた。

グリュックスマン一家と親しい彼女は、われわれのために、手作りのジャムだのケーキだの、その他もろもろの食料を何度か差し入れに来てくれた。

「アニーは心配してるのよ。あなたがたがこの家で飢え死にするんじゃないかって、ほら、わたしが家事が得意でないってこと、彼女はよーく知ってるから」

ファンファンは笑ったが、たしかに彼女はいわゆる家事と呼ばれる仕事は苦手のようだった。ところが、特別こだわっているひとつのことに関しては、ほかのだれにも真似できないほどの完璧さを示した。その、ひとつのこととは白いシーツや枕カバー、タオルなどを石鹸を入れた大きなブリキのたらいで、長い時間かけて煮沸するというやり方で洗い上げることだった。

われわれのベッドからも、まじりっけのない洗濯石鹸の匂いが仄かにただよってきた。なつかしく、あたたかな匂いだった。

グリュックスマン夫妻は、われわれの滞在を理由に、普段の暮らしのスタイルを変えることなどしなかったし、まして過剰なサーヴィスやわざとらしいもてなしで、人を恐縮させたり、窮屈にさせることなどただの一度もなかった。

配色もよろしく植えられた花々、夏の陽射しを透かしながらそよぐ木々、木陰にしつらえられたテーブル、花柄のクロス、わたしたちが田舎のくらしに巡らせるイメージとはおおむねそんなものだが、彼らの暮らしのどこを見渡しても、そんなメルヘンティックな小道具は見あたらなかった。

あったのは、こんなに長い年月を経たいまでも、わたしたちのなかに少しも色あせることなく刻まれている、少々風変わりではあるけれど、飾り気のない彼らのありのままの日常であり、彼らの嘘偽りのない言葉だけだった。

ファンファンのいろ

時の流れに吸い取られて、すっかり色味を失った摩訶不思議な中間色が、広い室内全体をもやっ、と覆っている。

パリの下町、ポワソニエールという通りにある哲学者、アンドレ・グリュックスマン家のリヴィングに初めて足を踏み入れたとき、わたしが感じたのは、現実のはるか彼方に去っていった色たちの、かすかな名残だけだった。

部屋のそこかしこに置かれた古いランプからもれる淡い光が、部屋のディテールをわずかに照らしだしている。

外光をやわらかく取り込む乳白色のアンティークレースのカーテン、東洋風な飾り棚、丸いテーブルを囲むように無造作におかれた古びた籐の椅子。そこからずいぶんとはなれた位置に霞んだ色合いのソファ。

これは明らかにファンファン、とみんなが呼んでいるグリュックスマンの奥さん、フランソワーズの趣味だな、とおもった。

古びたら古びたまま、朽ち果てるならどうぞ、やがてかしいで倒れるならそれもよい、彼女はそんな風情をなによりも愛するひとだから。

一九九二年のクリスマスイヴを、わたしたち夫婦はこの家で迎えていた。

十二年ぶりで会う彼らの一人息子ラファエルは、目も奪われんばかりの美少年に成長していた。

この日食事に招待されたのは、わたしたち夫婦のほかに共通の友人である画家のアニーとラファエルのクラスメイトで、まだあどけない顔つきをしたステファンという少年だった。

フォアグラに始まり、ファンファン特製の鴨のリンゴソースが出てくると、ステファンが、感動の面持ちで言った。

「ああ、やっぱり。さっきエレヴェーターのなかまで鴨を焼く、とってもいい匂いがしてきて、もしかして今夜は僕の大好物の鴨かなっておもってたんです。おいしそうだな」「あなたっていつもやさしいことを言ってくれるのね」

ファンファンは、彼の両頬にキスをした。

サラダ、チーズ、フランスの典型的なクリスマスケーキ、ビュシュ・ドゥ・ノエルとつづき、シャンパンを飲みながらイヴの夜を過ごした。

話題はエイズ、ソマリア、旧ユーゴスラビアと、ややクリスマスらしからぬものだったが、十二才の少年たちも決して彼らにあわせて会話をすめることなどない大人に、必死でくらいついてくる。それが一人前とみなされ、クリスマスディナーの席に着くことをゆるされた者の義務だとでもいうように。

少年たちは、やがてラファエルの部屋にゲームをしに引き上げていった。

そのときだった、息子の後ろ姿をうっとりと見送りながら、ファンファンがため息まじりにこう言ったのは。

「ああ、ラフェエルってなんて美しいのかしら。あなたもそう思うでしょう」

ブルーのシルクのワイシャツをジーンズの上に無造作に羽織ったラフェエルは、たしかに申し分なく美しく、この家の曖昧模糊とした色合いのなかで、そこにだけ生き生きとした若い光がさしているようだった。

アニーが後日わたしに、こっそりとこう打ち明けた。

「あなたはいいわよ、一回きりだから。わたしは会うたびに確認させられるのよ。本当に彼はハンサムね、と言うと、しかも背が高いし、と付け加え、そう、まったく素晴らしいスタイルだわ、と答えると、頭も良いわ、とつづき、そのうえスポーツマンよ、とくるの」

ファンファンに初めて会ったのは、ブルゴーニュの別荘に招かれたときだ。ラファエルを産んで間もなかった彼女がショートパンツ姿で、赤ん坊を小わきにかかえて、玄関に現れたときの印象はかなり強烈なものだった。やや斜にかまえて、あいているほうの手を差し出し、「ボンジュール」と、ぶっきらぼうに言うものだから、わたしは彼女がなにか怒っているのかと勘違いしたぐらいだった。

わたしたちのために用意してくれた寝室は二階の真ん中あたりの部屋だったが、そこには天井までとどく大きな戸棚があり、リネンや下着やシャツの類を仕舞ってあるらしく彼女はしばしば中の物をとりにやってきた。

最初の晩、まさに草木も眠る丑三つ時だ。ひゅらっ、と闇をよぎる人影におどろいて、思わず飛び起き目をこらせば、すぐ前にファンファンが立っている。

「あなたたちがこの部屋に居ること、すっかり忘れてたわ、ごめんなさい。ラファエルの下着をとりに来ただけなのよ、ときどき通るかもしれないけれど、気にしないでね」

と、事もなげに言うのだが、気にするな、というほうが無理というものではないか。

「これから買い出しに行くから、服装をととのえてこなくちゃ」

そう言って二階にあがっていったことがあった。

当然衣服をあらためて下りてくるとおもいきや、切りっぱなしのショートパンツの裾をクルクルと二・三回折り曲げただけのことで、ほかに別段かわったところはなかった。

ある時はカメラマン、またある時はファッションモデルだったこともあるという彼女、仲間と映画を創るために風のように飛び出してゆく日々もあったと聞く。そしてわたしの知ったころの彼女は画家、と呼ばれることをなにより嫌う、画家であった。多才にして変幻自在、天衣無縫、彼女を表現するのにふさわしいボキャブラリーをさがしてみるが、いつも見つからない。

儚さと強さ、繊細さと大胆さ、いろんな要素が鋭利な折れ線を描きながら、複雑に入り混じって構成された個性を表す言葉など、そのへんにころがっていようはずもない。

われわれがクリスマスを共に過ごしたころ、ファンファンはちょうど個展を控えていて、既に完成した絵をみせてもらったが、どれも黒い点々で描かれた細密画だった。

「やりだすと止まらなくなっちゃうの。気がつくと朝になってることがあるわ。まるで中毒、黒い点々中毒よ。昼は夫の秘書役、それに家事もあるし、結局始めるのは夜になるの。昔のわたしからみれば随分と働き者になったでしょ、我ながら感心しちゃう」

クッ、クッ、クッ、彼女は聞き覚えのあるあの掠れた声で笑った。

「これはユダヤ人の少女、これはユダヤ人の仕立屋、これはユダヤ人の青年」

ひとつひとつの作品について説明してくれた。

細く尖った鉛筆の先端が叩き出す点の集合体は、少女の服のひだひだになり、リボンになり、老人の長い顎髭となり、深く刻まれたシワになり、人物たちの背後で蠢く黒い葉むらになる。

ユダヤ人であるファンファンは、小さな小さな点のひとつひとつに、一体どんな思いをこめたのだろうか。

中央に卓球台がおいてあるプレイルームの片隅に明るい色調の絵があって、わたしがその絵に見入っていると、ちょうど居合わせたラファエルがそっと耳打ちしてきた。

「それ、ママにほめないほうがいいよ。僕もわるくないとはおもうんだけど、とにかく彼女はいま色が嫌いなんだ」

ファンファンの個展のオープニング会場は、はみださんばかりの人でごったがえしていた。彼女はまるでひとごとのような顔をして家族ともはなれ、ひとりぽつん、と突っ立っていた。われわれが入っていくと、

「来てくれてありがとう、日本語でなんか書いていって。読めないけど、いい記念になるから」

と、芳名帳をさしだしてきた。

「どうして彼女は色を捨てたんだろう、これじゃ単なるイラストじゃないか」

「彼女はなにを表現したかったんだろう」

みんなヒソヒソ言い合っていたが、当の本人のこころは作品からも、そこにいる人々からもすでにはなれて、どこか別の世界に飛んでいってしまっているみたいだった。

長身をつつむ黒いフェイクファーのロングコート、目深に被った黒い帽子、黒い細身のパンツ。

全身黒ずくめのスタイルで、ゆっくりと紫煙をくゆらせながら立っている彼女のシルエットそのものが、ざわめく人波のなかで素敵な一幅の絵になっていた。

港の街が刻む時

銀座の、ある洋書店に立ち寄るたびに、かならず手にとってページをくらずにはいられない画集があった。風景画家、ウージェンヌ・ブーダンの作品集だ。かれを生み、はぐくんだノルマンディー地方の空や海、のどかなくらしの様子などが淡々と描かれているだけの、どちらかというと地味な画風に、はじめから強い印象を受けたというわけではなかった。

ところがどうしてか画集のコーナーに行くと決まって、ブーダンという背中の文字が真先に目に飛び込んでくる。

目がその字をさがすのではない、あちらのほうから呼んでくるのだ。

潮のかおりや夏の太陽のにおいを、ふんわりと乗せて、透明な青い空にゆったりと身を任せている雲の群れ。嵐をはらんで黒くたれこめる空。昼間の光をほんのわずか残して暮れはじめたオークルの空、それとおんなじ色の海、その海に遠くかすむ小舟。

何度も何度も眺めているうちに、そんななんでもない風景に、安らぎとなつかしささえおぼえるようになっていた。

ブーダンと画集を通しての、あわいお付き合いが始まってから一年ほどが経ったころ、友人から一枚の葉書がとどいた。

かれこれ三十年来の友人である彼女は、フランス人のご主人とともに生活の拠点を東京からパリに移したばかりだった。

「先日、わたしたちはノルマンディーのオンフルールにセカンドハウスを買いました。ちなみにそこは、かのウージェンヌ・ブーダンの生家なんです、そのうち是非遊びに来てください」

葉書にはそう書いてあるではないか。

もちろん彼女はわたしが、ブーダンの作品に親しむようになっていることなど、露知らないはずだった。

そしてついに昨年の十一月、わたしはその家で、とびっきり贅沢で豊潤な時間のおすそ分けにあずかる機会を得た。

英仏海峡に面したオンフルールは、天才、時として奇才と呼ばれる作曲家、エリック・サティを生み、十九世紀初頭にはボードレール（かれはのちにブーダンのパステル画を讃える一文を書くことになるのだが）の母親が再婚して移り住んだ土地でもあった。

三十年近く前、当時まだ仏文学者の卵だった夫と共に一度この町を訪れたことがある。港にほど近い、たしかシュヴァル・ブラン（白馬）という名の、わりあい小ぎれいなホテルに泊まり、港を臨むレストランで、海の幸に舌鼓をうったところまでは上出来だったのだが、なにせ二人のアルバイト料をかき集めての貧乏旅行のことだ。ふところ具合が俄にこころもとなくなり、次の晩はトゥルーヴィルという隣町の質素な旅籠屋に宿を移した。イースターの頃だというのに真冬のような寒さで、おまけに部屋はラディエーターの故障か、はたまたわざと切ってあるのか、暖房がどうやってもきかない。

洗面所のお湯を出しっぱなしにして湯気を部屋中に充満させ、視覚的な暖をとったり、シードルの酔いを一気に攪拌しようと、おかしなダンスを考え出したりして一晩中寒さと格闘しことを思い出す。

久しぶりにミニチュアのような、可愛らしい港の風景を目の当たりにした途端、ぶれていた記憶がたちどころに輪郭を取り戻し、褪せた色彩があざやかによみがえってきたのには驚いた。

港を後にし、そろそろ街の賑わいも果てようというころ、ブーダンの生きた時代の空気が、そのまま濃く漂っているような町並みが出現する。

石と呼ぶには、あまりにも温かくふっくらとした感触を眼に送りかえしてくる壁、細い坂道、ひとの暮らしをつつみこんで静寂のなかに沈み込む家々。そんななかを歩いていると、東京でのあわただしい日常は、もしかしたら幻だったのかもしれない、ふとそんな気さえしてくるぐらいだった。

「ここでは、時間の過ぎ方がちがうのよ。パリとも、もちろん東京とも」

友人がぽつり、と言った。

そう言われてみれば、たしかにかれらの家の古い大時計も、こころなしか、ゆっくりとしかもずいぶんと気まぐれに振り子をゆらしているように思えてくるし、教会の鐘の音で知る時もまた、ふだん何気なくやり過ごしている時間とは、まったく趣を異にしているように感じられる。

魚はここはだめ、もう一軒行きつけの店があるの。パン屋はあそこ、野菜はそっち、と妥協を許さない夫妻につきあって、あちこちこまめに巡り歩いての買い物にもお供した。サント・カトリーヌ教会の近くに立つ市場には、浜辺から、農家の庭から、牧場からどこにも寄り道せず、一直線にすっ飛んでまいりました、と言わんばかりの食材が、こぼれそうなぐらい並んでいて、見ているだけで生命が身体のなかから飛び出してきそうだった。

すべてが新鮮、おまけに物価はパリの二分の一とのことだ。

とれたての魚や貝、自然のなかで思いっきり走り回って育った地鶏、大地の滋養をたっぷり蓄えた、見るからに丈夫そうな野菜、よりどりみどりのチーズのパレード、形は悪いが味もかおりも本物のくだもの、焼き立ての香ばしいパン、それになによりうれしいのが、あきんどたちの威勢のいい掛け声。

スーパーマーケットでは絶対に味わえない買い出しの醍醐味を久々に味わった。

仕入れたての材料をつかって料理名人のご主人が供してくださる食事のあとは、暖炉の薪がはぜる音をきき、ノルマンディー特産のカルバドス酒に酔いしれながら秋の夜長を楽しむ。

「ああ、なんという幸せ!」

ソファに埋もれた背中が叫ぶ。

家の外壁だけはオンフルールが生んだ著名な画家、ブーダンの生家として市の文化財に指定されているということだが、内部はほどよい広さの庭もふくめて、まったく個人の居住空間で、住み手が代わるたびに当然補修が繰り返されているから、どこまで原型を留めているのか知ることはむずかしいが、それでも家のところどころに往時の雰囲気がそのまま保存されている箇所がある。とくにわたしが泊まった寝室の壁など、色も形も微妙にちがう石が配してあり、そっと指でなぞってみると、もしかしてブーダンの産声も聞いてきたかも知れない、それらひとつひとつに特別なおもいがわいてくる気がした。

二日目の午後は友人とふたり至極のんびりとした散歩を楽しんだ。

いくらかグレーがかってはいるけれど、ほとんど重さのない秋空が、うっすらと雲をながして頭上いっぱいにひろがっていた。ブーダンの描いた空の下を、彼が絵の具にたっぷりと、とかしこんだ大気のなかを、いまわたしは歩いているんだ、そんな実感が身体のあちこちからじわじわとわいてきた。

「ブーダンさん、銀座の画廊の片隅で、年中拝見していたあなたの風景画になぜあんなにこころが惹きつけられたのか、この土地の空気を吸ってみて、なんだかわかったような気がいたしします」

もし、彼が目の前にいたら、そんなことを言ってしまったかもしれない。

少しばかり頑固だが、温厚そうな感じのするポートレートからは、モネの才能をいちはやく見抜いたブーダンの、人や物の値打ちをけっして見誤ることのない、眼差しのたしかさがつたわってくる。ル・アーヴルの浜辺をほっつきあるいていたツッパリ少年モネを、彼が熱心に写生に誘うことがなかったら、天才画家も、そして印象派の誕生も見なかったことを思うとなおさらに。

実はひとつだけ後悔していることがある。

「あれ、いつか買おうとおもってるのよ」

絵を堪能したあと友人が指さした、ブーダン美術館の天井高くぶら下がっていた空模様の雨傘。わたしも買っていこうかしら、とさんざん考えたが、トランクの対角線を利用してもおさまりそうにないし、手荷物にするにはあまりにも長すぎると諦めた。

でも、やはり買ってくるべきだったかもしれない。

あれをさしたら、東京のこのうっとうしい梅雨時でも、こころがかろやかに舞い上がっていきそうな気がする。

この夏、自分の誕生日のささやかな記念にとブーダンの画集を買った。

ヴァロリスの丘

細い路地から、サッカーボールを持ったアラブの少年が彫りの深い顔をのぞかせた。

彼の蹴ったボールは、道をはさんでちょうど反対側の建物の陰にいた男の子の足で器用にキャッチされ、再び少年に蹴り返された。

二人の少年の間を行き来するボールの果てしないジグザグ運動をぼんやり眺めていると、突然、子牛ほどもある白茶けた犬が首輪も、もちろん鎖もつけず、物影からぬっと姿を現す。

思わずすを身をかわすわたしを、アパートの入り口わきに椅子を持ち出してすわっていた、おそらく少年たちと同国人であろう年老いた男性がじーっと見つめている。だが、彼の瞳の奥には、こちらの視線をはねかえす明らかな拒絶の色がにじんでいた。

わたしは、見知らぬ異郷にたった一人で放り出された迷い子のような気分で、広場のある街の方向を目指して、ころがるように歩いていた。

「前に来たときとは、ずいぶん雰囲気が変わっているわよ」

散歩に出かけてくるというわたしに叔母が言っていたが、たしかに七十年代、八十年代とは街の中心に抜ける小路の様子が、すっかりちがっていた。

カンヌにほど近い、ヴァロリスという町の小高い丘の上に住むこの叔母は、わたしの母の一番下の妹で、日本の大使館に赴任してきたフランス人と結婚し、叔父の引退を機にこの地に移り住んだ。

母の兄や他の妹たちが、厳格な母親、つまりわたしの祖母の教育方針から大きく逸脱することのない、比較的おとなしい人生を歩んできたとすれば、この叔母は少々の困難を排しても、持ち前の強い意志で、つねに自分の生きる道を自分で選びとってきた。

英文学を専攻した彼女は「風とともに去りぬ」だの、「チャタレー夫人の恋人」などを原書で読んでいたし、フランス語はほとんど独学でマスターしたように記憶している。

わたしはそんな彼女を子供のころから凄いな、といつも尊敬して見ていたものだった。今のように外国が身近でなかったぶん、見たこともない遠い国への憧れが、やわらかな光をまとって皆のこころのなかで揺れていた時代だ。

彼女が丁寧に糊付けし、几帳面にアイロンをかけて、わたしにゆずってくれた服や、大事に何年も着ていた絹のブラウスからは、いつもかすかに上質な石鹸のかおりがただよっていた。

そのかおりが、今おもえばわたしにとって最初の、そして、もっとも身近な外国というもののイメージだったかもしれない。

生来勉強嫌いのわたしが、いくらかでもフランスやフランス語に興味をもつことができたのも彼女のお蔭であることは言うまでもない。

パリや東京では何度も会っていたが、ヴァロリスに叔母夫妻を訪ねるのは、実に十八年ぶりのことだった。

人との再会は、いつも胸の躍るような期待と、ほんの少しの不安を伴うものだが、顔を見た途端に、長い時間のへだたりも、互いの年齢も、すべてが一瞬にして消え、懐かしさがこみあげ、昔話が止めどなくあふれだす。

「つい最近、私たちは無二の親友をなくしたばかりで悲嘆にくれていたところだったんだよ。そんなときにあなたが訪ねてくれたのが、どれほど慰めになったかしれない」

寄り添って静かな日々をおくるふたりの暮らしを、わたしのように騒々しい訪問者がすっかり乱したのではないかと案じていただけに、そんな叔父の言葉はなによりうれしく身にしみた。

掛け値なしでプロ級といえる叔母の料理の腕前は、たくさんの客を招くことはなくなった今でもすこしの衰えもみせていない。

「簡単よ、やってごらんなさい」

彼女はよく言うのだが、その簡単をただの簡単とおもったら大間違いで、材料の選択から下ごしらえ、貯蔵庫に眠る秘密の調味料などが全部そろったうえでの簡単ということで、その準備段階を聞いただけで恐れをなして逃げ出したくなる。

料理は元々嫌いではないが、できるだけ手間をかけず、かけたように見せるという狡賢い料理人であるわたしには、とうてい真似はできない。

もちろん彼女から伝授されたレシピのいくつかは、我が家の定番メニューになってはいるが、下準備に途方もない日数を要するものはひとつとしてない。

叔母の友人宅に招かれて、サン・タントワーヌの丘をカンヌにむかって下って行くとき、七十年代にパリからここまで未熟な運転技術で車を走らせ、きついカーヴを繰り返すこの丘を越えて、初めて叔母の家まで登っていった日のことを思い出し、いまさらながらに冷や汗が流れた。

カンヌの海が見渡せる眺めの良いこの丘を通る度に、南フランスに住んだよろこびを感じると叔母は言う。

東京からパリ、ノルマンディーと引きずってきた長いコートは、ここではまったく無用の長物だった。一年中温暖な気候のこの地方では、冬場でも厚手のコートは必要ないのだから。

生涯を通じて目まぐるしく住居を変えたピカソが、第二次世界大戦後はもっぱら南仏に生活の中心を据えたのも、フランコ政権への反対の意志を貫き通し、一九三五年以来、事実上縁を切るかたちになった祖国スペインに、おそらく気候風土が限りなく近かったせいであろう。

ゴルフ・ジュアン、ヴァロリス、アンティーヴ、カンヌ、ムージャンと、次々に仕事場を移していた時代には、パリに戻ることはほとんどなかったという。

一九四八年から五五年まで住んだ陶芸の町ヴァロリスでは、彫刻、絵画のほかに陶器づくりが加わり、ひとたび仕事にとりかかると、その手はなにかに憑かれたように、情熱的に動きつづけたそうだ。

先日受け取った叔母の手紙では、ピカソがこの町に居をかまえた年から数えて、今年が丁度五十年目ということで、市が様々な記念イヴェントを企画しているという。

彼がヴァロリス城の礼拝堂に寄贈した壁画「戦争と平和」、広場に立つ彫刻「羊を抱く男」はもちろんのこと、自分たちの町に根をおろして、陶器づくりに励んだ大芸術家の足跡そのものが、時の移ろいとともに大きく様変わりした、小さな焼き物の町の人々にとって、なによりの誇りだからにちがいない。

ヴァロリスを発つ日、悲しくなるから、空港まで行かないという叔母夫婦は、行ってらっしゃい、という言葉でわたしを見送ってくれた。

「今度は、わが家を基点に、もっと長くいられるように計画をたててみて」

叔母が言うように、次の機会はゆっくりと時間をかけて、かつて訪れた場所を辿ってみたい。

ニースに向かうタクシーのなかで、そんなことを考えているうちに、サン・ポール・ドゥ・ヴァンス、ヴァンス、カーニュ・スュール・メール、アンティーヴ、サン・ラファエル、サン・トロペ、地中海沿いにひしめく場所の名前が次々に浮かんでくる。

今おもえばなんともったいない、もっと丁寧に見て歩くんだったと悔やまれるほど、せわしなく駆けめぐったいくつもの美術館のこと。

来る日も来る日も食事の時間以外は浜辺に寝そべって、太陽に身体が吸い取られて溶けていくような感覚を貪った休暇のこと。

ヴァンスにあるマチスのチャペルで、ウルトラ・マリン、ダーク・グリーン、レモン・イエローで構成されたステンドグラスを通してふりそそぐ陽光が、白い室内に見事に映える様に、ただただ見入って過ごした時間のこと。

遠い日のいろんな夏が、いっぺんにわたしのなかで輝きはじめた、泣きたいほどの懐かしさといっしょに。

真冬の朝の室内散歩

エレヴェーターを降りると、ミラン・クンデラ、そのひとが立っていた。社交嫌いというイメージとは裏腹な、人なつっこそうな笑みをたたえて。明るい色の絨毯が敷きつめられた広いホールの一角には、ここはもうクンデラの陣地ですよ、という目印みたいに、小さなイスが一脚置かれ、そのうえに自作のタブローが無造作に立てかけてある。そこからさらに細い階段を昇っていくと、突然視界が大きく開けて作家のアパルトマンが出現するという仕組みだ。

屋根裏部屋をワンフロワー分まるごと買って改造した、ひろびろと開放的な空間は、作家の住まいというより、むしろ若い芸術家のしゃれたアトリエといった風で、いかにもかろやかで、いささかの仰々しさもないのがうれしい。

一九九二年、チェコの亡命作家、ミラン・クンデラの訳者のひとりである夫は十ヵ月の予定でパリに滞在していたのだが、そのころ訳していた新しい小説のなかに、どうしても作家に直接確かめなくてはならない点がいくつかあり、その旨を夫人に申し出たところ、日時を指定する電話がはいった。

奥さんも是非ご一緒に、とのお誘いを受けたことから、モンパルナス、リトレ街にあるクンデラ宅をふたり揃っての訪問とあいなった。

真冬のパリにしては、めずらしいほどよく晴れた、ある朝のことだった。

「マダムはそこにすわって。昨日からあなたの服装に合わせて用意しておいた特等席だから」

その日わたしはクローム・イエローのジャケットに黒のパンツという出で立ちだったのだが、ふと見るとすすめられた革張りのアーム・チェアーは黒、そして傍らには黄色い花が大ぶりの花瓶に華やかに盛られていた。この配色の偶然によろこんだ作家が咄嗟に思いついたジョークだったが、おかげで朝の会見は極めて和やかなすべりだしになった。

「ちょっと妻が急用で出ていて、あの複雑極まりなく、そのうえ大きな危険を伴うマシーンなんかとてもわたしの手には負えない」

彼が指さした方向には、ごくごく当たり前のコーヒーメーカーが置かれているだけだった。

「これからわたしにも出来る比較的簡単な仕事を披露しようとおもう」

そう言ったあと、彼は三つのグラスにトパーズいろをした、明らかにアルコール入りの飲料をジャボジャボと、すこしおどけた仕草で注ぎ入れた。

嫌いなほうではないけれど、いくらなんでも朝っぱらから、と戸惑いを見せつつも、出された盃を断っては女がすたる、とばかり遠慮なくお受けしたのはよいのだが、のっけからなにやらいい気分。

「これは相当強いお酒だわ」

と、感じはじめていたところに、またジャボジャボジャボ。お蔭で身体中に張りめぐらされていた緊張の糸はすっかりほどけて、透明な液体の底にみるみる沈んでしまっていた。

「われわれが退屈な仕事をやっつけてるあいだ、マダムはその辺を歩いて、なんでも好きなものを見たり、さわったりしててください。おっつけ妻も戻るでしょうから」

日本流のたしなみからすれば、初めてお邪魔したお宅で、室内を勝手にほっつき歩いたり、家具調度をじろじろと眺め回したり、ましてさわるなどもってのほかというものだが、そんな徘徊がごく自然にゆるされる雰囲気だったこともあり、作家のお言葉に従って、わたしは広いリヴィングを、まるで公園でも散策するような、いとものどかな気分でゆらゆらと歩きはじめていた。

　壁面に飾られたいくつものタブロー、透明なガラスの深鉢のなかで美しい断層を見せているフルーツ、真っ白い書棚に几帳面に、しかも彩りよく並べられた本、過ぎた夏の忘れ物か、ぽつん、と置かれた白い巻き貝、コーナーの棚に重ねてあるモダーンなお皿、すべてのものが、しかるべき居場所を得て、とてもここちよさそうに寛いでいる。そんななかにクンデラが、わたしのイタズラ、と称する、彼自身の作品も登場する。

　いかにも飾りましたよ、というのではなく、気がつくところがっている。吊されているという感じで。

　ボール紙を切り抜いて作った手のオブジェが、本棚のクンデラコーナーを指さしていたり、ちょっといびつな人物のデッサンが立てかけてあったり、空になった酒瓶に色を塗り、針金でがんじがらめにした物体が梁からぶら下がっていたり。

「ゲイジュツなんてクソクラエさ！」

　ユーモアのうえに、アイロニーの衣をふわりとまとわせたこれらの作品たちは、いかにもそんなことを言っているようにみえた。

大きな窓の片隅には、小指の先より小さなクモが、天によじ登ろうとする恰好でへばりついている。

「とうとう見つかってしまったか」

そんな声を聞いた気がした。よく出来た細工物なのだが、見つけられることを望んでいたのか、それともそっと見逃してほしかったのか、どっちなの？、と聞いてみたくなる、まるでじれったい謎かけのような窓辺の演出に、クンデラのひそやかな企みが見え隠れしていた。おいそれとはこころの内を見せない作家自身の姿も。

対外的なことは有能な秘書でもあるヴェラ夫人にすべて任せて、仕事に倦んだ作家は床にぺたりと座り込んで絵を描いたり、オブジェをつくったりして遊んでいる。あんなにもいかつい指先に細かな神経を全部あつめて。

『存在の耐えられない軽さ』の作者の、そんな素顔がうっすらと透けてくる、不思議な不思議な朝の室内散歩だった。

やがて夫人が冷たい外気と共に勢いよく部屋に飛び込んでくるころ、男たちの仕事の話も一段落し、彼女をまじえての談笑になった。

「日本にいらっしゃるお気持ちはおありですか？」

わたしの質問に、

「もう少し若かったら、間違いなくウィ、とこたえるだろうが、長い旅をするにはあまりにも年をとりすぎた」

という答えが即座にかえってきた。

「日本はあまりにも遠い、物理的にも心理的にも。もし行くとなれば沢山のことを勉強しなくてはならない。歴史、文化、人々のものの考え方、生活習慣、そしてなにより言葉。でも、そんな時間も、エネルギーももうわたしには残っていない」

そう言ってからクンデラは、遙か遠くを見据えるような視線を宙に預けたまま、しばらくじっと黙り込んでいた。

わたしたちの想像を絶するような紆余曲折を経て、チェコからここにたどり着いたこと自体、かれらにとっては長い長い旅だったのかもしれない、わたしはそのとき、ふと、そんなことをおもった。

エロスとアスパラガス

一九九五年三月、パリの空は大層ご機嫌がわるかった。

朝方眺めた雲ひとつない青空に浮かれて、春物の軽いコートを羽織り、もちろん傘など持たずに外出しては雨に泣かされるということが何度もあった。歩きはじめて一時間も経たないうちに、青い空はみるみる鉛色にかわり、なんの前触れもなく大粒の雨が束になって殴り込みをかけてくる。

髪や衣にひっそりと忍び込む、細くたおやかな春の雨なら、いっそこのまま濡れるに任せて行くところまで行ってみようか、などと芝居めいた気分に浸ろうものを、天が大地に喧嘩を売りにきたような荒々しい雨相手では、そんな感傷に耽っているゆとりはない。

それにこの雨、乱暴でおまけに気が短い。

長丁場は大の苦手とみえ、威勢よく切り込んできたわりには、呆気にとられるほどの速やかさでさっさと退散してゆく。あとは青空がすべて丸くおさめて、何事もなかったような平穏が地上にもどってくる。

ところが、雨上がりの爽やかさなどにうっかり酔いしれていようものなら、またまた冷たい雨に、全身をしたたか打たれる羽目になるのだから始末におえない。雨だけではどうにも鬱憤が晴れぬとみえて、時には霰まで付録につけてよこすほどの暴れようだ。

一体どうやったら、あんな素っ頓狂なお天気が出来上がるのか、というほどの組み合わせで、いっそ大スペクタクルと思って楽しんでしまいたくなるほどだった。

短い滞在期間が、こんな悪天候にたたられたまま過ぎてしまうのかと、いささか憂鬱になりかけていたころ、日本の弥生三月でも、滅多にお目にかかれぬほどの陽気にめぐり合うことができたときは、もうそれだけで満ち足りて、日の匂いまでが、このうえなくなつかしいもののようにおもわれた。

われわれがミラン・クンデラ夫妻を訪れたのも、そんな春めいた午後のことだった。

モンパルナスで会ってから既に三年の月日が流れていたことになる。

そのころ彼らは、以前の住まいを引き払って、七区のレカミエ街に居を移していた。

落ちついた佇まいの中庭をはさんで二棟に分かれた瀟洒な建物の、一番奥にあたる一隅が彼らの住まいだった。

食前酒をゆっくり飲みながらわれわれと話し込んでいるクンデラを、レストランの予約時間におくれると、夫人が急かしたので食事に出かけることになった。

建物の中程にさしかかったとき、たくさんの緑を効果的に配した中庭の静かな風情がなかなかいいですね、と並んで歩いていたクンデラに何気なく言うと、

「わたしたちもそう思ってここを選んだんですよ。ところがとんでもない！　なんと、ここで、子供たちが、遊ぶんですから！」

彼は眉間にシワを寄せ、本当にとんでもない出来事を語るように、いくぶん語気を強めて言い放った。

もちろんクンデラが子供好きでないことは知っていた。その彼が単純に本音を吐露し、わたしはそれを生で承ったにすぎないのだから、改めて驚くには当たらないはずなのに、実際、並々ならぬ嫌悪感を露にするのを目の当たりにしてみると、大いなる戸惑いを感じたのもたしかだった。

しかし、戸惑いどころか驚愕がわたしを襲ったのは、それから数十分後、ホテル・リュテシアのダイニングで改めて乾杯し、いよいよシェフおすすめの前菜、ホワイト・アスパラガスにナイフをいれようとしているときだった。

ミラン・クンデラが隣にすわっているわたしの方に完全に向き直り、ほとんど膝がくっつきそうになるぐらいまでにじり寄ってきて、こう聞いたのだ。

「ズバリ、あなたにとってエロスとは？」

「おっと、先生、いやですよ、こんな明るいうちから」

茶化している場合ではない、先生は大真面目なのである。

後に夫が訳すことになる小説『ほんとうの私』の執筆にあたって、そのころ様々な人に同じような質問をぶつけていたらしい。

クンデラ先生はテーブルのアスパラガスなどに目もくれず、獲物を狙う鷹のような目をしてこちらの答えをじっと待っている。

—ねえ、ちょっと、エロスだって、どうしよう、こっちを向いて。

向かい側の席にすわっている夫に、なんとか助け船を出してもらおうと、目で合図を送るのだが一向に気づいてくれない。それどころか、ひとりだけ白ワインの代わりにビールを飲んでいる夫人に、

「聞くところによるとチェコのビールはとても美味しいそうですね」

なんて、呑気な話をしている。

「チェコのビールが美味しいですって？　あれはビール以外のものよ、もしいまわたしたちがフランスで飲んでいるのをビールと呼ぶならばね。それより、この食べ物にかぎってこんなお行儀のわるい食べ方がゆるされるのをあなたご存じ？」

そう言ってから夫人はホワイト・アスパラガスの尻尾を、やおら手でつまみ上げ、下になった頭のほうからムシャムシャと豪快に食してみせた。夫もおもしろがってそれにならった。

ああ、ゆるされるならば今すぐにでもあちらの席にかわりたい、とどんなに願ったろうか。ビールや初物の白アスパラガスの食し方、あんな話題ならなんとかわたしの手にも負えそうだ。

ところが、こちらはこともあろうにエロスだ。わたしのフランス語能力で、大作家のおこころに添うような気のきいたことが言えるわけはない。

「あまりにも直接的な言葉による表現や、身体の完全な接触には、かえってエロスを感じません。むしろ、互いのこころを沈黙のなかで探り合ったり、触れたくて触れたくてたまらないのを、ぎりぎりのところで我慢する、そんな瞬間にもっともエロティックな気分になります」

そんなことを、言ったような、少なくとも言おうとしていたような気がする。

「それでは次の質問、あなたは口腔による愛情表現、つまりキスがお好き？」

—神様！　今度はキスです。

「まあ、好きな相手となら……。しかし、フランス人のように人目も憚らずというのはどうも……」

「そう、フランス人ときたら、そりゃもうところ構わず抱き合ったり、首をいそがしくあっちこっちへ動かして、そこいらじゅうにキスしたり、おおいやだ。もっとすごいのはロシア人、なんと、あなた、彼らは、男同士でも唇を重ね合うんですからね」

「でも、あれは挨拶なんでしょう、日本人がお辞儀をするのと同じような」

「それにしたってお辞儀はどこにも触れないでしょう、ところが彼らはこともあろうに唇を……。ああ、いやだいやだ。なんであんな挨拶を考えたんです？　よりにもよって」

このような話題が延々とつづき、ついには日本における口腔による愛情表現の歴史にまで至った。

ようやく放免されたのは、夫人がほとんど手つかずのままになっているクンデラの料理に気づいて、

「ミラン、だめよワインばかり飲んでちゃ、さあ食べて」

と、注意したときだった。

「ああやって、彼女は四六時中わたしをコントロールしてるんですよ」

クンデラは悪戯っぽい笑いを浮かべながら、わざと夫人に聞こえる声でわたしに訴えかけた。

やがて夫妻の顔見知りらしい女性のサーヴィス係がやってきて、

「だめですよ、もっと召し上がらないと、デザートをあげませんよ」

と、まるで幼稚園の先生のような口調で夫人と同じことを言うと、

「彼女にも用心しなくては、妻の回し者かもしれない」

クンデラは大きな身体を縮めるような動作をしておいてから、やっと料理に手をつけ始め、そのころにはわたしの緊張もいくらか峠を越していた。

エロスという言葉とともに辛うじて飲み込んだホワイト・アスパラガス以外、その日のメニューはまったく記憶にない。

別れ際にクンデラは、

「ところでどっちにします、挨拶。フランス式？　それとも日本風でいきます？　わたしの個人的な趣味からいくと日本風がいいな。ロシア風は問題外！」

などと、真剣な顔で言った。

クンデラ夫妻は一メートルほどの距離をおいて並んで立ち、何度も何度も丁寧なお辞儀を繰り返した。わたしたちもそれにこたえ、あとには四人分の笑いが大きくはじけた。

振り向くと、ふたりは仲良しの友達みたいに腕を組んで同じ場所に立っている。ヴェラ夫人の着たキュロット・スーツのレモンイエローとクンデラのトレーナーのブルーが春のなかで眩しく映えていた。

クンデラの質問に中途半端な答えしか返せなかったあの日のことは、悔いとなってわたしのなかにいつまでものこった。

「いまなら、もっとましなことが言えるかもしれないのに」

そう思うことがある。

たとえば、きょうのように、そぼ降る雨をぼんやり眺めたりしているときなどに、ふと。

サン・ルイ島、階段落ちの場

パリがいくら暑いといったって、日本のにくらべれば、どうってことはない。こちとらが巨大なマグロなら、あちらさんのはたかだか鯵か鯖ぐらいのもんだろう。

気温を比べるのに魚を持ち出すのもなんだが、その位ちがうものだと決めてかかっていたものだから、一九九二年夏のパリの暑さはこたえた。

じっとりとした湿気まで日本のに瓜二つ。

さらにわるいことには、もともと夏はさまで暑いという概念がないから、クーラーを入れる習慣もない。従って逃げても逃げても暑さがわれらを待っている。

なんでも暑さのせいにするのは、そりゃ暑さがあんまり気の毒ってもんだ。奴さんには奴さんの言い分てもんがあるだろう、そう言われればそうだが、わたしがサン・ルイ島のアパルトマンの階段を一気にころがり落ち、腰を思いっきり打ちつけたことと、あの猛暑が無関係だったとは言わせない。

そのうえ、この階段というのがとんだ曲者で、

「近頃じゃいくらか角がとれて、まーるくおなんなすったね」

なんて、いうような生やさしいシロモノではない。

角がとれたどころではなく、どこもかしこもまん丸で、およそ角なんて呼べるもんはありゃしない。おまけにピカピカ、ツルツルに磨きがかかってるときている。

だれが磨いてるって？　それはこの階段を二百年もの長きにわたって踏みしだいてきた、顔も見たこともない連中の無数の靴底さ。簡単にお答えすれば、そんなわけの階段だ。そこを暑さで頭に血がのぼってる人間が、手すりなんかにおすがりせず、気取って勢いよく駆け降りればどういうことになるか、結果は知れている。しかもご丁寧に皮底のサンダルなんか履いて。

早いはなしが、せめられるべきは、暑さでも磨耗した木製の階段でもなく、このわたしの不注意なのに、こうまでぐたぐたと暑さだの、すり減った階段だのと、言い訳をくりかえしてきた我が身が、つくづくはずかしい。

一九九二年、大学教師である夫は在外研究のため単身パリに滞在していた。

当時彼が住んでいたサン・ルイ島のアパルトマンを訪れるのはそれが二度目という夏の、しかも到着したその日にやらかした失態のお粗末！

わたしより一足先に日本を発った息子も交えて、久々に親子三人で休暇を楽しもうと、うきうきしていた矢先のことだった。

サン・ルイ島。

かつてわたしは、この名前を聞くたびに、そしてまだ見ぬその島を思い浮かべるたびに何故か大好きなイル・フロッタントゥ（浮島）というデザートを連想していたのだった。カスタードクリームの海のなかに、きめ細かな淡雪卵がふわりと浮かんでいる。口に含んだ途端にショワーっと儚く消えてゆくあの白いメレンゲの島。

実際には四方八方に橋がかかり、陸地としっかりつながれたサン・ルイ島を浮島に例えるのはずいぶんと乱暴なことかもしれないけれど、いまだにわたしにとってあそこは、うたかたの夢を乗せながら、セーヌ川の真ん中でゆれているおとぎの島だ。

魚屋さん、肉屋さん、八百屋さん、なんでも屋さんみたいな小規模なスーパーマーケット、パン屋さん、お菓子屋さん、チーズ屋さん、酒屋さん、本屋さん、文房具屋さん、郵便局、つまり生活していくために困らないだけのものは、ちゃんとそろっているし、現にわたしも滞在の折りには、特別なことがない限りそれらの店で日常の買い物をしていた。ついでにトンボ玉やタペストリー、その他諸々の、目的は定かでないが異郷の香りがする品々を商う店、ウィンドーに飾られた絹のスカーフやアクセサリーにこころ惹かれてちょっとのぞいてみたくなる店、気のきいたパッケージのお茶やジャムや茶器などを売る店、不思議な人形が並んでいる店などをのぞいてみたり、全体が完全に傾いてる建物の一階で、平気な顔をしてニコニコと商売しているレストランに、こっちまでつられて斜めになりながら見とれたりしているうちに、生活の感覚が徐々にうすれ始め、最後にアパルトマンの真向かいにある花屋さんで、黄色いブーケなど思わず買ってしまうころには、すっかりこころはメルヘンの世界に浸りこんでいる。

再びあのメルヘンの世界へいざ、と、こころに羽根が何本もはえたみたいになってやってきた同じ場所で、最初の場面のような無様な階段落ちを演じてしまったのだから、悔しいやら、情けないやら。

初日でもあるし、きょうのところはおとなしく、サン・ルイ・アン・リル教会のコンサートにでも出かけて、夕食前のひとときを過ごそうという計画だった。

パリのあちこちの教会では気をつけて見ていると、しばしばなかなかいいコンサートが開かれていて、手頃な値段で音楽が楽しめる。

最初に玄関を出たのはわたしだった。そのうしろを息子が下りてきた。そして最後に鍵を閉めたおえた夫が。

映画の一シーンを観ているようだった。生身の人間でないもの、たとえば撮影用につかわれるダミーの人形みたいに意志もなんにもないものが、ただただ無抵抗に落下しつづけている感じだった。わたしの階段落ちをつぶさに目撃した息子の感想だ。

いったん滑りはじめたが最後もう手遅れ、あとは行くところまで行くしかない。最初の踊り場にドスン、と投げ出されたわたしは、自分がなんだかとてつもなく巨大な綿入れになってしまったように感じていた。

痛みよりむしろショックのほうが身体のなかでおおきく膨れ上がって、あらゆる感覚がストップして無感動になり、ひたすら眠りたい、とそれしか考えられなかった。辛うじて身体を起こし、

「わたし寝るから、二人で行って」

言い終えるとすぐ部屋に引き返し、本当にそのまま眠りにおちてしまった。

三十分ほど経ったころ、息子の声で目が覚めた。

「チケットここにおいておくから、もし起きられるようなら来てね」

万が一頭でも打っていたら一大事だからお前ちょっと様子を見てこい、夫がそう言って彼をさしむけたことが後でわかったのだが、もし本当に大事に至っていたらどうするつもりだったのだろうか。ま、いずれにせよ、わたしが考えていたほど重大なことではないと、彼らは高をくくっていたらしい。

息子が教会にもどってから数分後、わたしはベッドをおそるおそる這いだし、手を天井に向けてかざすと、おもむろに指の数を数えはじめた。その後、アパルトマンの住所と電話番号を頭のなかで確認し、意識が正常に働いていることに先ずは安堵した。

そののち、打撲の正確な位置の把握を試みようと、そろそろと部屋のなかを歩いてみた。

腰もさることながら、そこを必死のおもいでかばったらしい健気な左ひじに、むしろ強い痛みを感じたが、なんとか歩けそうだと踏んだわたしは、やおらチケットをつかんで表に出た。

昼間の暑さはいくらかやわらいで、長い夏の宵を楽しむ人の群れに気も紛れ、打撲の痛みが、当日よりむしろ翌日に襲ってくることさえ、そのときはすっかり忘れていた。

そのあとの三日間ほどは、痛みと虚脱感でほとんどつかいものにならなかったが、このハプニングは、ひとつの夏を際立って印象深いものにする役割を果たしたことだけはたしかだった。

ウディ兄さんの酔どれ船

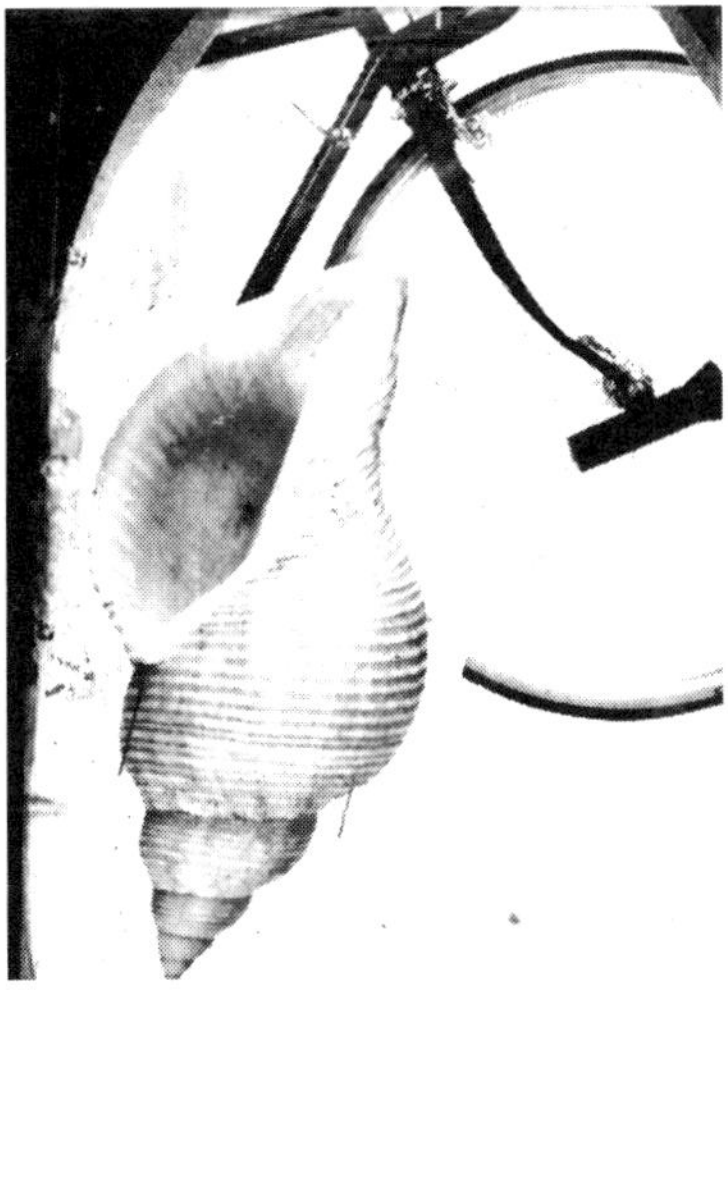

いきなり下世話な話で恐縮だが、われわれ夫婦はそろいもそろって酒飲みである。

ところが、はなからそろって酒飲みであったわけではない。

結婚当初、片一方がまるっきりの下戸だったのを、もう片方がひとりで飲んでいてもおもしろくもおかしくもないというので仕込んだのが始まりだった。

なんでもやってみるもので、仕込んだ甲斐あって、ついに下戸は押しも押されもせぬ上戸へと変身し、めでたく「おしどり夫婦」ならぬ「千鳥夫婦」の誕生とあいなった。

千鳥夫婦の生みの親となった先天性酒飲みは、なにを隠そうこのわたくしというのだから面目次第もない。

何故ならこの道、一度足を踏み入れたが最後、そう易々とは抜け出せないのが常だから、引きずり込んだ者の罪はそれなりに深いとこころえている。

うれしいと言っては飲み、おもしろくない、と言っては飲み、まあ人間生きていればそのうちいい事のひとつやふたつあるさ、と慰め合っては飲み、しまいには、下戸の建てる倉は無し、と開き直っては飲む、という始末でもうキリがないのだ。

「羨ましいな、家で毎晩奥さん相手に一献傾けられるなんて」

夫はよく外で言われるらしいけれど、われわれも五十路に入りて幾年月。そろそろすっかり足を洗って出直す、とまではいかないまでも、せめて週に一回はドライデーをつくりましょう、と何度誓い合ったか知れないが、健康のことばかり考えながら飲んでいたんじゃ人間がケチ臭くなる、と恰好をつけているうちに今日に至ってしまったというわけなのだ。

それでも、寄る年波というのは案外賢いもので、さすが度数の強いアルコールは、身体のほうが本能的に避けて通るようになってきた。

飲むのも食が主で、あくまでもアルコールはそれに寄り添うわき役へと退いた。

和食を用意すれば日本酒、洋風の食事にはワイン、話はいたって簡単だ。

もちろんお互い外での付き合いというものがあるから、そんな時にはウイスキーだろうが、コニャックだろうが、紹興酒だろうが、時と場合によっては喜んで頂戴するが、基本的には強いものは避け、量もさみしいほど控えめになった。いささか前置きが長くなりすぎたが、ちょうど八年前、夫のほうがパリに住んでいて、わたしはときどき陣中見舞いに馳せ参じるという時期があった。まさに酔どれ黄金時代ともいうべき頃のことだ。

セーヌ川沿いをそぞろ歩いていると、ノートル・ダム寺院の斜め下あたりの川面に一艘の小船が浮かんでいる。なんとなく気になって川べりにおりてみた。キャフェ・コンセールという看板があり、生演奏を聴きながら食事ができるようになっているらしい。

食後酒でも一杯やっていくか、ということになって店に入ろうとすると、船からはちょうど客たちがあわただしく出てくるところだった。

「もう閉店ですか?」

と、なかに声をかけると、店のオーナーらしき男性が出てきて言う。

「どうして?」

「だって、みなさん帰っていくじゃありませんか」

「みなさんって、あなたたちがいるじゃない」

「何時までやっているんですか？」

「何時までって、あなたたちが帰るまで」

冗談なのか真面目なのか、その飄々とした風貌からははかりしれない、どこかしら、かのウディ・アレンを思わせるその人物、どうぞ、どうぞ、とわれわれを船のなかに招き入れる。

「ところで、何を飲む？」

「そうね、カルヴァ（カルヴァドス・りんご酒を蒸留したブランディー）というところかな」

夫が言うと、彼はカルヴァのボトル一本とグラスを三つもって、デッキに陣取ったわれわれのところにもどってきた。

客がいると見て取ったグループがどやどやと店内に入ってくるのを、

「きょうはもう閉店ですよ」

と、さっさと断っておいてから、大きなグラスにその強い酒を注ぐ。

「パリに住んでるの？」

「僕のほうはね、もうしばらくいるんだ」

「何をしてるの？　仕事」

「一応フランス文学者ってことになってる」

「どうしてさ、どうしてフランスなの？　日本にだってあるだろうにさ、文学が。イタリアにもドイツにもアメリカにもイギリスにも、どうしてフランス文学なのさ」

そこで夫は何故フランス文学にたどり着くにいたったかを、サルトルだのカミユなどという固有名詞をさしはさみながら、詳しく説明に及ぶ。

はじめのうちこそ熱心に聞いているふうだったウディ兄さん、やがて宵闇に包まれたノートル・ダム寺院の方角に目を泳がせはじめる。

「ちょっと、聞いてるの？」

「もちろん、おめめはあっち、おみみの穴はこっち、ちゃーんと聞いてるさ」

ウディ兄さんなどと勝手に呼ばせていただいているが、よくよく聞いてみるとこの人、兄さんというような年ではすでにないらしい。夢でも食べて生きているようなフワフワとした身のこなしや物言いが、彼の年齢をぼやかして、実際よりもずっと若くみせていた。「僕はまだしばらくいるってさっき言っていたけど、マダムはどうするの？」

「明後日、日本に帰るんだ。皮肉にも彼女のほうが数倍パリが好きなのに去り、どっちでもいい僕がのこる」

「なに、マダムはそんなにパリがお気に召してんの？」

「そうよ」

「それじゃ、どうしたって帰るべきだ」

「え？」

「もっとパリを好きになるために。そしてずーっと好きでいられるためにさ。僕が小さかった頃、幼稚園に行ってた時分のことだ。幼稚園のすぐ隣にオモチャ屋があってさ、オモチャ屋っていうのは、なんだって大概幼稚園の近くにあるんだろうね、まあ、それはさておいて、僕はその店のウィンドーにぴったり鼻をくっつけて、もう白くなるぐらいにくっつけて中を覗き込むのが何よりの楽しみだった。あの赤い車カッコいい、こっちのショベルカーもおもしろそうだ、あの飛行機もすごいぞ、手前の船だって大したもんだってね。ところが、ある日、おやじが珍しく迎えにきて言ったんだ。『なんでも好きな物を言いなさい。全部買ってあげよう』その途端、僕にとって夢の世界そのものだったウィンドーのなかは、いっぺんに色あせてしまった」

彼はカルヴァを一気にあおり、すこし遠い目をした。

「この船だってそうさ、船のなかで暮らしてみたいと思ってた。子供のころからずーっと。白いピアノを真ん中において、みんなが楽しく食事をし、お酒やお茶を飲む。船に住んでそんな店をやれたら最高だって思ってた。ところが実際それをやるために役所に出したおびただしい数の書類、書類、書類。そして待たされた時間の長さときたら。待ちくたびれて、さー、どうぞって言われたときには、もうどうでもよくなっちゃた。だからさ、好きなものには出来るだけ近づかないで、遠くから夢みてるほうが幸せなのさ」

「ところで、ここでは食事もできるんだよね」

夫が話をかえると、

「やめたほうがいいさ」

と、きた。

「どうして？　自分の店なんでしょ？」

「そうだけど、とってもおすすめできない。人々は期待に胸ふくらませてやってくるさ。セーヌに浮かぶ小船。時折ピチャッ、ピチャッ、とやさしいさざ波が船べりをたたく。ノートル・ダムを間近に仰ぎ、おまけに音楽。期待が大きかった分、みんながっかりして帰っていく。どうしてかって？　料理はまずい。ゆらゆら、ピチャピチャ終始ゆれてて落ちつかないってさ」

「たしか朝食もあるんだったよね」

「あ、そう、これだけはおすすめ！」

このときばかりはウディ兄さんの瞳がパッチリあいた。

「朝日をあびたノートル・ダムを眺めながら、僕が自転車に乗って朝一番で買いにいく、パリで最高だと、この僕がおもってるリヴォリ通りのパン屋の焼き立てのクロワッサン、熱々のカフェ・オレ、グレープフルーツジュース、おのぞみならシャンパンだって出しちゃう」

「よし、決めた。こうしよう、明日の朝は船上の朝食といこう」

「そいつは出来ない相談だ」

「どうして？」

「きょう僕は死にそうに疲れている。したがって明日の朝も疲れているにちがいないからさ」

「じゃ、明後日。妻が発つ日の朝食をここでとるというのはどうだろう」

「それならＯＫ問題なし。明後日の朝、僕は疲れていないことにしよう。それじゃ、もう一度乾杯だ。マダムがパリをもっと好きになるように。そしてずーっと好きでいられるように」

彼はそれぞれのグラスに並々とカルヴァを注ぎこんだ。

気がつけば、ちょいと一杯のつもりで寄ったのに、三人でボトルの半分ほどをあけていた。そのわりにお勘定はおどろくほど安かったところをみると、ウディ兄さん、相当お疲れだったらしい。

朝食の約束は結局まもられないまま、わたしはパリを発ってしまった。

それから三年後、遅ればせに約束を果たそうと目指したセーヌは、異様なまでに水位があがっていて、船は閉まり、ウディ兄さんの姿もなかった。

おかげでわたしのなかで小船へのおもいは、いや増した。

パリの嵐

所用で南仏に出向き、八日間ほど過ごした後パリに戻る。

クリスマスをはさんで五日間ほど滞在し、いくつかの用事を済ませて、なんとか一九九九年の年末ぎりぎり、東京に着地するというせわしない日程の旅だった。

パリに着いた翌朝、サン・ジェルマン・デ・プレ教会近くのホテルを出ると、わたしはセーヌ川目指して一気に歩きはじめた。

先ずはノートルダム寺院の位置を確かめる。

毎度お馴染みの開会式みたいなもので、これをやらないとパリに来た気がしないのだ。そこからサン・ルイ島に入ってしばらくぶらつきヴォージュ広場へ。その界隈にある細かい通りを、シャレた店など冷やかしながら歩き回り、バスティーユ広場に抜けて再びセーヌに。と、ここまでがいつものコースなのだが、今回はアンスティテュ・デュ・モンドゥ・アラブ（アラブ世界研究所）で『マティスのモロッコ』と銘打った展覧会をやっている、という耳寄りな情報を得ていたので、足取りもついつい軽くなっていた。

ところが、こころに引っかかって仕方がないことがひとつだけあった。セーヌ川の様子がどうもおかしい。いやに殺気だっていて怖いほどなのである。犬を散歩させる人や恋をささやく何組ものカップル、散策を楽しむ人々などを見守りながら優しくたゆたう、いつもの彼女とはまるで別人だ。

いままでにただの一度も見せたことがない、険しい表情を土気色の顔にうかべて、うねうねとのたうちまわっている。水かさが異様に増しているのも不気味と言えば不気味だったし、鳥の群れが落ち着きをなくして頭上で右往左往しているのも気になった。

そのほかには、これといって変わったことはない。

曇天だが重苦しく垂れ込めているような感じもない。見慣れたグレイッシュなパリの冬景色がどこまでもひろがっている、それだけのことだった。風もない、雨が落ちているわけでもない、手ぐすねひいて身構えてきたわりには寒くもない。

クリスマスプレゼントを買い求める人で、街はどこも大いににぎわっていたし、特にセーヌの異常を話題にのせている人もなさそうだった。

クリスマスのご馳走や親しいひとへの贈り物のことで頭がいっぱい、といった人たちが交わす弾んだ会話が、漠然とした不安にかられていたわたしを、なによりもほっとさせてくれていた。

雲行きがあやしくなってきたのは二四日、ちょうど人々が家族とともに食卓を囲んで、クリスマスを祝っている時刻だった。

ディナーに招んでくださった友人宅でイヴを過ごしていた時だ。

中庭を風がピュルピュルと鳴きながら逆巻くのに驚かされたのが、思えば始まりだった。その突風が行き掛けの駄賃のように、窓ガラスをガタガタと揺すってゆく。

それでも友人のご主人が腕によりをかけて準備してくださった、鴨にマロンのピュレ添えに舌鼓をうっているときは、風のことなどすっかり忘れてしまっていたのだから、いい気なものである。

本番はホテルに戻って、ベッドにもぐり込んだあたりからだった。

部屋が最上階だったせいか風当たりはことのほか強い。

おそるおそるカーテンを開けて外を見ると、バルコニーの植木が風に煽られて今にも折れそうに撓り、葉が逆立っている。フランス窓を開けてみる勇気はない。

ホテルのあるリュ・ジャコブという細い通りを、どこからか吹き飛ばされてきたゴミや剥がれたポスター、木片などが、まるでイキモノみたいに走りすぎる。

立て付けがあまり良くないホテルの窓を、風がそっくりくり抜いて部屋に飛び込んできそうな勢いだったし、風呂場の窓にとりつけられた換気扇、幸運にも風が吹けば、その力で風車が回り、浴室の空気を入れ替えてくれるとでも思っているのか、おそろしく原始的な代物が、とんでもない強風を受けてカラカラカラカラと、絶え間なく回りつづけるのを見たときは、さすがに恐怖をおぼえた。

翌朝食堂に下りてゆくと、おそらくタイの女性だろうと思われる従業員が、仕事そっちのけで、夕べのことを同僚に訴えかける声が、キッチンから高らかに響いてくる。

「隣の窓ガラスがこわれる音で目が覚めたのよ。そこの家の奥さん、腕に怪我しちゃって大騒ぎだったらしいわ。家では窓の前に置いてあった植木鉢が全滅したのと、半分こわれてたよろい戸が吹っ飛んだぐらいで済んだからいいけど……」

フロントの女性が、

「マダム、一六五号室に朝食を運んでちょうだい」

と、言わなかったら、彼女のお喋りは果てしなくつづきそうだった。

翌日の夜ふたたび同じ友人の家に食事に招かれた。

「きょうもこれから嵐になるらしいよ」

ご主人の言葉に友人とわたしは、昨日とは打って変わって静かな中庭のあたりを見ながら、

「まさか、そんな予報はあたらないわよね」

と、言い切った。

ところがその日の深夜、やはりホテルに引き上げてからのことだった。

前日よりも激しい雨風が窓を打つ。消防車やら救急車のサイレンがひっきりなしに聞こえてくる。

通りの有り様は前夜よりも一層凄味を増していて、物が飛んで何かにぶつかる音や、風に追っかけられて逃げまどう、破損物のシルエットに思わず身震いする。

道をはさんで丁度向かいのアパートの窓辺で点滅するクリスマスツリーのほかには、灯ひとつない建物のあちこちから、息をひそめる人々の気配が伝ってくるようで心細さが一層つのる。

翌朝、天井からぶら下がる形で設置されているテレビをつけると、ちょうどニュースをやっていて、昨夜の嵐はフランスの北半分を総なめにし、風速は時速二

○○キロメートル以上にも及び、三十数名の死者をだしたと報道していた。

表には嵐の置き土産が無惨な姿でそこらじゅうに飛び散っていた。キャフェのテラスのテントが、支えの鉄パイプもろとも引きちぎられてぐにゃりと横たわっていたり、テレビアンテナが道路にいくつも吹き飛ばされていたり、一番驚いたのは大木が、根っこごとすっぽり抜けてごろごろと倒れている姿だった。

ヴェルサイユ宮殿では四〇〇〇本もの木が根こそぎにされ、さながら戦場のようだったと新聞が報じていた。(最終的な情報では倒れた木は一万本にも及んだらしい)。

元々パリの空は気性がはげしい。

以前短期滞在したときにも、人の度肝をぬくようなやり方でめまぐるしく変わる、信じられない空模様を体験したことがある。

春とはいえ気温も低く、寒さを遮るにはとても間に合わない薄手のコートの裾はハタハタとひるがえるし、傘などさしていられないほどの風と横殴りの雨に悩まされたものだ。

それが、突然ケロリと晴れ上がる。やれやれと歩き始めた途端に、今度は天に穴でもあいてこぼれ落ちてきたのかと思うような勢いでパチンコ玉みたいな霰が降ってくる。思えばあれも相当ドラマティックな春の嵐だった。

キャフェでも、祝日に猛然と襲いかかってきた嵐のはなしでもちきりだった。

「じいさん、無事だったかい」

老紳士がカウンターの中にいた若いギャルソンに声をかける。

「なんとか吹き飛ばされずに済んだよ、お若いのも元気そうじゃないか」

白ワインを注ぎながらギャルソンが老紳士にすかさず切り返す。

そのやりとりを聞いていたご婦人が、

「まったく何十年もパリにいて初めてだわ、あんなおそろしいこと」

と、言いながら身体を震わせる仕草をした。

すると隣にいたおじさんが、

「一九九九年が二〇〇〇年に席を譲りたくないってひと暴れしたのさ」

自分で妙に納得して何度も頷きながらつぶやく。

いつの間にか、知らぬ者同志の気持ちがひとつにとけて、あったかくなじみ合っていた。

あとがき

偶然通りかかった家の縁先に干された布団の、いかにも涼しげな桔梗紫が目にしっかり宿って離れず、気になってもう一度来た道をひきかえす、そんな時間の無駄遣いも、ときにはいいものだな、とおもってみたり、実際には二度と戻れない時間への旅にときめいたり、ある日突然、「あの街がわたしを呼んでいる」などと、相当独りよがりなヒラメキに背中を押されて知らない街へひとり飛び出して行ったり、これらはすべて雑誌「本の街」に「街のいろ・町のすがた」というエッセイを書きはじめてからおぼえた楽しみです。

旅の道すがら、ふと耳にする土地のひとの言葉や、なんでもない暮らしの一コマに、思わず足をとめてしまうことがあります。先日も遠野を旅していたとき、茅葺き屋根のバス停で、だれかの手作りらしい、少し傾いた小さな椅子に腰掛けてお喋りをしていた二人の中年女性の、ひっそりとしたはなしぶりが、あまりにも印象的で、いまもこころに残っています。

ひんやりと澄んだ空気にしみ入って消えていきそうなほど静かな声でした。人ごみをかきわけながら歩き、たくさんの物音に負けじと大声でしゃべる、そんな日常にすっかりならされていた自分に、その時はじめて気がつきました。

わざわざ重い荷物を引っ提げて、はるか遠方を目ざさなくても、つい目と鼻の先の見慣れた街をいつもとまったくちがった時間帯に歩いてみる、それだって立派な旅だということも知りましたから、行く先には事欠きません。これからも、せいぜい楽しい旅をして、やがては消えてゆく今という瞬間の、ほんのひとカケラでも、この目ですくいとれたら、などと夢見ております。

いままで書いたものに、あらたな数篇を加えて、こんな素敵な本にしてくださった、駿河台出版社の遠藤慶一会長、井田洋二社長、わたしに文章を書くキッカケをつくってくださった、ギャラリー間瀬の間瀬勲、藤江ご夫妻、気持ちよく連載を続けさせてくださっている「本の街」編集長、清水勉さんに、こころより御礼を申し上げます。

二〇〇〇年六月

西永芙沙子

ふたつのカルティエ・ラタン

著者　**西永芙沙子**

平成十二年七月一〇日　初版発行

発行者　井田洋二

発行所　株式会社　**駿河台出版社**

101―0062 東京都千代田区神田駿河台三丁目七番地

電話〇三(三二九一)一六七六　振替〇〇一九〇―三―五六六六九番

ISBN4-411-02202-8 C0095 ¥1200E